『漾虚集』論考

「小説家夏目漱石」の確立

宮薗美佳

和泉書院

宮薗美佳著『『漾虚集』論考』に、寄す
——「小説家夏目漱石」の確立

鳥井正晴

漱石の「研究自体が一種のドラマのようなところがあって」とは、〈漱石図書館からの展望〉（一九八四年・昭和五九年一〇月「解釈と鑑賞」）と題された対談での、平岡敏夫のかつての発言である。昭和四〇年代、漱石の研究は一挙に精緻になり高みとうねりを迎える。昭和四〇年代はまた、『夢十夜』『漾虚集』が殊の外、脚光を浴びた時代でもあった。誤解を恐れずにいえば、『夢十夜』には漱石のすべてがあるとの発言まであったと記憶している。

しかし、その後の漱石の研究は如何せん、膨大にして多彩に漱石関係の論文は量産され続けるが、『夢十夜』研究も『漾虚集』研究も、その消息は立ち消えてしまう。就いては今般、宮薗美佳君に拠る『『漾虚集』論考』が、しかも『漾虚集』所収七作品を遍く論じて上梓されたことは、誠に喜ばしいであろう。

『漾虚集』というと、私事に渉るが思い出すことがある。昭和四八年一月一九日〜二一日の三日間、

第五三回大学共同セミナーが、主題「夏目漱石と森鷗外」のもと、八王子の大学セミナー・ハウスで開催された。越智治雄の「漱石の初期作品」の教室を選んだ私達（斉藤英雄、藤井淑禎ら二三名）は、その教室で、スプートニク・ショックならぬ「越智治雄・『漾虚集』ショック」とでも表現するしかない衝撃波を体験した。『漾虚集』は、だから私にとっても、思い入れのある作品である。

昭和四八年四月の「国文学」特集号は、〈シンポジウム・漱石の作家的出発をめぐって〉であったし、そのシンポジウムの最後は、次のような発言で終わる。

三好（引用者註　三好行雄）　あらゆる作家論のアポリアはひとりの人間がなぜ作家になったかという、その誕生の秘密を明かすことに尽きるのだろうと思いますが……。（中　略）江藤さんの『漱石とその時代』の第二部でしたか、「吾輩は猫である」の第一回を書いたときに、金之助は気がついたら小説家漱石になっていた、というふうな記述があったと思うんですけど……

越智（引用者註　越智治雄）「おそらく彼自身も気づかれぬところで……」（中　略）その「気づかれぬところ」というのを意識化してみたい、という問題もあるのですね。

いわれるところの「気づかれぬところ」の意識化も、未だしである。付記すれば、『漾虚集』論中、群を抜いてあるジャン-ジャック・オリガスの〈「蜘蛛手」の街―漱石初期の作品の一断面〉発表も、昭和四八年一月のことであった。

『漾虚集』全体を論じての唯一の単行本・竹盛天雄『漱石　文学の端緒』の出現は、平成三年まで待たなければならない。しかし竹盛の同著も、『吾輩は猫である』との往還と差異を併せ論じたもので、単体の『漾虚集』論ではない。平成七年の大竹雅則『漱石 初期作品論の展開』が、『漾虚集』中六作品を論じ、平成一一年には塚本利明『漱石と英文学』は、サブタイトルに〈「漾虚集」の比較文学的研究〉とある如く、精緻な源泉研究が結実する。同著は、新たに「カーライル博物館」を加えて『改訂増補版 漱石と英文学』として、平成一五年再出版されるものの同著も『一夜』論はない。そのように『漾虚集』論は、一見立ち消えの様相を呈しながらも、また進捗して来た。仮に昭和四八年を起点とすると、実にその後三〇年にして今回漸く単体の『漾虚集』論が出現したのである。漱石の研究自体が一種のドラマでもある所以である。

さて君の「『漾虚集』論考」は、君のその各論は、世の漱石研究者の常套手段・研究史との格闘から始まる。君のその格闘は、膨大にして精緻な漱石研究史と宜しく組仰せてもいるだろう。そして君は、『漾虚集』七作品すべてに、新しい「見解」を出そうとする、しかも斬新な「見解」を。私が宙返りしても発想出来ないような斬新な「見解」を。『倫敦塔』に「複数の依拠すべき典拠との突き合わせ」、「余による編集作業」をいい、『カーライル博物館』に「歴史的建造物の役割」をいうのも、斬新である。『薤露行』に、綱島梁川『病間録』と往還させながらの、同時代の宗教的意識との対峙も圧巻である。総じて同時代の、同時代意識への目配りが第一によい。最後の〈「小説家夏目漱石」の確立〉では、『漾虚集』について教えられるところ多々である。

ところで、宮薗君と私の出会いは何時からであったのだろう。手元にある「近代部会」（漱石の作品を延々と読む研究会）の出席名簿を繰って見ると、『虞美人草』を読んでいた平成六年一一月の例会にその名が初めて記されている。名前の下には、関西学院大学文学研究科博士後期課程一年と、当時の所属が記されている。以来、君は近代部会にもほとんど欠席することなく、互いに漱石を読み続けて来たわけである。君の熱心は、いつも研究会を熱くしている。

私の思い出すところ、君には助けてもらいこそすれ（学会、研究会での穴埋め発表など）、私が君を助けた記憶はないのである。就いてはせめてもの償いに拙い「序」を認《したた》めた次第である。

思い入れのある作品であるが、私は『漾虚集』に就いては今日まで何ほどのこともしていないし、この先も出来ないであろう。今般、若き学徒・宮薗君の手になる「『漾虚集』論考」が上梓されたことは、心底嬉しい。私の果したくも果せなかった夢を、実現してくれたという意味においても。

〈幾多の「猫」と、幾多の「漾虚集」と、幾多の「鶉籠」を出版するの希望を有するが為めに、余は長しへに此神経衰弱と狂気の余を見棄てざるを祈念す〉とは、「文学論序」の最後に記した漱石の独白である。君が漱石への情熱でもって、向後幾多の漱石中期作品、幾多の漱石後期作品への斬新な「見解」を産まんことを切に期待するものである。

二〇〇五年一二月二八日

『漾虚集』論考——「小説家夏目漱石」の確立　目次

序論　『吾輩は猫である』

――『漾虚集』収録作品からの照射――

（一）

この論考で取り上げようとする夏目漱石の短編集『漾虚集』は、明治三十九年五月、服部書店・大倉書店から刊行されたものである。収録されている作品は「倫敦塔」「カーライル博物館」「幻影の盾」「琴のそら音」「一夜」「薤露行」「趣味の遺伝」であり、収録順は初出の順と同一になっている。これらの『漾虚集』の収録作品について論じるにあたり、序論において、『漾虚集』成立の背景について述べることにしたい。

夏目漱石は、明治三十三年九月から、明治三十六年一月までロンドンに留学している。『漾虚集』収録作品に「倫敦塔」「カーライル博物館」のような、ロンドン留学中の出来事に題材を得たものがあることからも、『漾虚集』成立の背景として、このロンドン留学体験をまず挙げることができよう。

漱石は、ロンドン留学に際して、明治三十三年九月八日、横浜港からドイツ客船プロイセン号にてロンドンへ向かうが、その船上における西洋人との交流を通じて、キリスト教に触れる経験をもった。十月四日、熊本にて既知であったノット夫人に、午後のお茶に招待され、翌日、彼女を上等船室に訪ねている。この時は、夫人の知人に紹介され、漱石自身は、ケンブリッジ大学関係の人に紹介状を依頼しただけであったが、十月十日には、ノット婦人から、漱石はオックスフォード版の英訳聖書を贈られている。それにとどまらず、十月七日、十月十一日には漱石自身、礼拝に参加し宣教師の説教を聞き、十月十五日の日記には、「Bible ノ exposition ヲ聞ク　夜 Doctor Wilson ト談話ス」(1)と記されていることから、漱石が、キリスト教に関心を示していたことを見ることができる。さらに、十月十二日には、キリスト教宣教師と議論してやりこめていることからは、批判的ではありながらもキリスト教を関心を持って受け止め、その述べているところを自分自身の理性と感性で検討を加えた上で、キリスト教に対する自らの立場を明確にしたいといった、漱石のキリスト教に対する姿勢をうかがうことができる。

この船上のみならず、ロンドンでの生活を始めてからも、漱石がキリスト教に触れ考えさせられる機会は存在した。四月十七日の日記には、エッジヒル家に招待され、そのお茶の席で、エッジヒル夫人から「耶蘇教ノ説教」を承ったとあり、エッジヒル夫人が「貴君ハ pray スル気ニナラヌカ」と言ったのに対し、漱石が「余ハ pray スベキ者ヲ見出サヌ」と言ったところ、エッジヒル夫人が「great comfort ヲ知ラヌハ情ケナイト云ッテ泣タ」とある。そして、泣き出した彼女を「気ノ毒」と思った漱石が、「私ハ貴君ノ為ニ pray シ様」と彼女に言い、「貴君ガソンナニ深切ニ私ノ事ヲ思ッテ下サルカラ」と、彼女と「Bible ノ Go〔s〕pel ヲ読(2)」むことを約束したことが記されている。この日の日記の最後に「私ノ約束ヲ忘レハシマイト念ヲ押シタ決シテト云ッタ是カラゴスペルヲ読ムンダ(3)」と改めて聖書を読む固い決意が述べられており、漱石は後、この日より以前の四月十三日に購入していた「Smith Bible Dictionary」を参考にしながら、聖書を読んでいったことと思われる。

この日のエッジヒル夫人の、漱石からすれば意外な程の感情的な反応に、漱石は、船上で宣教師をやりこめるように、単にその教えの納得いかない点をあげつらうだけでは、キリスト教の問題が処理できるものではないことを感じ取ったと思われる。そして、西洋におけるキリスト教の影響力が、一夫人の感受性にまでその影響力が及ぶほど、強大かつ深遠であることを実感し、実際に西洋人と接する生活の中で、彼らの文化、生活に多大な影響を与えているキリスト教、そして〈神〉の問題に目を向けていくのである。

明治三十四年四月以降の断片八には次のように記されている。

西洋人にはgodト云ふ大理想がある人間のコンシーヴする完全なる者を理想的に表現せるものとせば馬琴の仁義礼智信と同一のものだ(4)

ここには、「馬琴の仁義礼智信」といった、既知の概念と比較し関連づけることによって、西洋における「god」キリスト教の〈神〉を、自らの理性と感性に照らし合わせて検討し、その上で了解できる範囲において把握しようとする漱石の姿勢が明確に示されている。さらにこのような、自らの理性と感性に照らし合わせて、了解できる範囲において対象を把握しようという姿勢には、後に、漱石の〈自己本位〉(5)(6)、と呼ばれる立場の確立へ発展する萌芽を見ることができる。しかしここでの、〈神〉を「人間のコンシーヴする完全なる者を理想的に表現せる」とする把握方法は、〈神〉を人間の延長上に存在する者、人間と類似する存在として捉えているのであり、〈神〉と人間の間に絶対的な相違が存在するという側面は依然として捉えられていないことを、把握方法の限界として指摘することができよう。そしてこの残された、〈神〉と人間との間の絶対的な相違を、自らの理性と感性に照らし合わせてどのように把握するかという問いは、漱石の中に引き続き残されていったのである。

この留学において漱石が直面した大きな問題があった。それは、漱石は二松学舎で漢文学を学んだことに見られるように、彼の文学的な感性の多くは漢文学によって培われてきた。しかし、その感性で英文学に向かう時、文学に対する感性の部分で、英文学は漢文学とは全く異なることが見えてきたことである。留学中の断片には次のように述べられている。

(8) intellect 以外ノ faculty ヲ用ユル取捨ハ猶厳重ニ慎マザル可ラズ
(9) 文ハ feeling ノ faculty ナリ
(10) feeling ノ faculty ハ一致シ難シ
(11) 故ニ西洋ノ文学ハ必ズシモ善イト思ヘヌ
(12) 是ヲ強テ善イトスルハ軽薄ナリ
(13) 之ヲ introduce シテ参考スルハ可ナリ
(14) 之ヲ取捨スルノ見識ハ非常ニ必用ナリ
(15) insurmountable difficulty アリ
(16) 是ハ一朝一夕ニ正シ難シ
(17) 且或部分ハ正ス必用ナシ　是見識ナリ(7)

「intellct 以外ノ faculty ヲ用ユル取捨ハ猶厳重ニ慎マザル可ラズ」と述べる一方で、「文ハ feeling ノ faculty ナリ」と述べていることからは、知性のみでは対象の十全な認識に至らないことを、専門である英文学においてさえ認めざるを得ないという漱石の当惑を含んだ認識を見ることができる。そのことは漱石の中でさらに敷衍され、専門知識が豊富である英文学においてさえ、知性のみでは対象の十全な把握が不可能なのであるから、その他の対象に関してはなおさら、依然として知性は信頼するに足るにしても、対象を十全に把握する上でそれのみでは不十分であることを認めざるを得ないという認識を得ていることは、容易にうかがうことができよう。

その上で、「西洋ノ文学」を評価するにあたり西洋人の見解に無批判に従うことを否定し、その上で自分の有する「feeling ノ faculty」、言い換えれば「感性」であるが、その自分の感性に照らし合わせるならば、西洋人が賞賛する西洋の文学が、必ずしも良いとは言えないことを慎重に述べている。西洋の文学に対しても、自らの知性と感性に照らし合わせて、その上で了解できる範囲において対象を把握しようといった、キリスト教や〈神〉に対するのと同一の姿勢を見ることができるのである。

また同時期に書かれた、別の断片には次のように述べられている。

The greatest man is an ordinary man who knows the difference and the —— between him and the world.(8)

「もっとも偉大なる人間とは、相違、己れと世間との——を心得る普通の人間のことなり(9)」

ここでは人間関係において、他者との違いや距離を的確に把握することの難しさと、その重要性を認識していることを見ることができる。また、そのように他者との違いを認識するためには、自分の立場を明確にする必要が生じることもこの認識の射程に含まれていることを指摘できる。

そして、『漾虚集』に収録された作品が書かれた、明治三十八、九年頃の断片を参照すると、それには次のように記されている。

×何が故に神を信ぜざる。

×己を信ずるが故に神を信ぜず

×尽大千世界のうち自己より尊きものなし
×自を尊しと思はぬものは奴隷なり
×自をすてゝ神に走るものは神の奴隷なり。神の奴隷たるよりは死する事優れり。況や他の碌々たる人間の奴隷をや(10)

神を信じないのは、「己を信ずる」自らの理性、感性を信頼するからであり、そして、自らを神より尊ぶ故であることが述べられている(11)。神といえども、自らの理性、感性による吟味なしに、アプリオリに従属するべき権威としては認めない姿勢が明確に示されている。さらに、同じ断片において次のようにも記されている。

われはわれなり、朋友にもあらず、妻子にもあらず、父母兄弟にもあらず。われはわれなる外何者たるを得んや。われ人を曲げずんば人遂に我を曲げんとす。両者曲げ得ざる時、両者は死するべき運命を有す。運命は如何ともする能はざる所なり(12)

自らの存在は唯一であり、いかなる他者であっても、他者の存在によって自らの存在を揺るがすことはできないことが強い調子で述べられている。できないのにもかかわらず、自らに対して他者がその固有性を奪うことを強制した場合、両者の滅亡も受け入れざるをえないとさえ言い切る。他者との関係を、自らの存在に対する信頼に立脚させる固い決意をここに見ることができる。この決意は、他者に対する〈自己本位〉を確立する決意であると言い換えることができる。

時期としては、これらの断片が書かれた時には、ロンドン留学から帰国後少なくとも二、三年は経過しているのであるが、ここから『漾虚集』に収録された作品が書かれ、まとめられた時期においても、〈神〉に対する、そして他者に対する〈自己本位〉の確立といった、ロンドン留学以来の問題が継続して問われていることが読み取れよう。このような問いの中で、『漾虚集』に収録された作品が書かれ、また、書かれる中でそのような問いに対する見解が模索されたのである。

（二）

『漾虚集』に収録された諸作品が発表されたのと同時期に、「吾輩は猫である」が発表されている。と述べるよりは、「吾輩は猫である」（一）が、明治三十八年一月に「ホト、ギス」に掲載され、ほぼ同時に、『漾虚集』収録作品である「倫敦塔」が明治三十八年一月「帝國文學」に掲載され、また同じく、「カーライル博物館」は明治三十八年一月に「學燈」に、さらに「吾輩は猫である」（二）は二月、「ホト、ギス」に掲載され、「幻影の盾」と「吾輩は猫である」（三）が、四月に「ホト、ギス」に同時に掲載されていることを考えると、『漾虚集』収録の諸作品は、「吾輩は猫である」の発表の合間を縫って発表されている、と述べる方がより実情に即しているであろう。

さらに「吾輩は猫である」との関連で、『漾虚集』収録作品の発表を、順を追って見ていくことにする。五月には「琴のそら音」が「七人」に掲載され、「吾輩は猫である」（四）が六月「ホト、ギス」に掲載され、七月に（五）が「ホト、ギス」に掲載され、「一夜」が九月に「中央公論」に掲載されている。続いて、十月には「吾輩は猫である」（六）が「ホト、ギス」に掲載され、十一月に「薤露行」が「中央公論」に掲載されている。年が替わって明治三十九年一月に「吾輩は猫である」（八）が、同じく明治三十九年一月に「趣味の遺伝」が「帝國文學」に掲載されている。

このような『漾虚集』収録作品の成立事情を考えるとき、この時期における作品に通底する問題意識を考えるためには、『漾虚集』収録作品をそれぞれ論じるに際して、『吾輩は猫である』も視野に入れておく必要があろう。ゆえに、それらの『漾虚集』収録作品から照射した『吾輩は猫である』について、述べておくことにしたい。

『吾輩は猫である』（二）で、迷亭が「暮れといへば、去年の暮に僕は実に不思議な経験をしたよ」と述べ、「昔からの言ひ伝へで誰でも此松の下へ来ると首が縊り度なる。」、「首懸の松」について語る。

「うちへ帰つて見ると東風は来て居ない。然し今日は無拠処差支があつて出られぬ、何れ永日御面晤を期すといふ端書があつたので、やつと安心して、これなら心置きなく首が縊れる嬉しいと思つた。で早速下駄を引き懸けて、急ぎ足で元の所へ引き返して見る……」と云つて主人と寒月の顔を見て済まして居る。

（略）

「見ると、もう誰か来て先へぶら下がつて居る。たつた一足違ひでねえ君、残念な事をしたよ。今考へると何でも其時は死神に取り着かれたんだね。ゼームス抔に云はせると副意識下の幽冥界と僕が存在している現実界が一種の因果法によつて互に感応したんだらう。実に不思議な事があるものぢやないか」迷亭は済まし返つて居る。

「誰でも」個人が誰であれ、さらには個人の自意識がどんな状態であっても、それに全く左右されずに、逆に「此松の下へ来ると首が縊り度なる」といったように、個人を超えた力の存在が描かれている。(13) その力は、個人の意志を超えているがゆえに、時として個人を、首を縊る、といった破滅に至らしめるような力でもありえ、死と密接に関連した力として捉えられている。このような力を作品内に形象化しようとする関心は、先述した〈神〉といった超越的、超自然的な存在さえも、自らの理性と感性に照らし合わせて検討し、そのうえで了解できる範囲において把握しようとする姿勢と、共通するものを見ることができる。

この箇所での、個人を超えた力の形象化における特質として、首懸の松に関する昔からの言い伝えといったように、現象自体としては旧来から存在する怪奇談といったものに題材を得、その説明に「ゼームス抔に云はせると」と心理学の言説を用いていることが挙げられる。心理学の言説を象徴的にでも用いることによって、題材の怪奇的な言い伝えに存在する、「言い伝え」という語りが内包する恐怖をかき立てることを目的とする戦略を無効にし、恐怖の念を切り離すことで、「実に不思議な事」題材が持つ個人を超えた力という側面のみを、重点的に述べることを可能にしているのである。

このような個人を超えた力の存在を、作品の中で形象化しようとする関心、言い換えれば、超越的、超自然的な存在さえも、自らの理性と感性に照らし合わせて検討し、その上で了解できる範囲において把握しようとする姿勢は、『漾虚集』に収録された作品にも共通している。

「琴のそら音」では、「遠い距離に於てある人の脳の細胞と、他の人の細胞が感じて一種の化学的変化を起すと……」という説明で、「それに此本にも例が沢山あるがね、其内でロード、ブローアムの見た幽霊抔は今の話しと丸で同じ場合に属するものだ。中々面白い。」と、心理学者津田君の研究上における目下の関心事として幽霊の話が述べられている。

　ここでも、この場面のもう一人の登場人物である余によって「実を云ふと幽霊と雲助は維新以来永久癈業したものとのみ信じ」られていることが「琴のそら音」の別の箇所に挙げられているが、幽霊自体は、「維新」以前から存在する旧来の怪奇現象と捉えられている。そのような幽霊という存在を、「心理学者」津田君が「心理学的」な言説を用いて説明することで、幽霊という怪奇現象に対する語りに慣習的に付随する、語りによってかき立てられる恐怖の念を切り離し、「中々面白い」と、幽霊という題材が持つ自意識や個人を超えた力という側面を、自意識や個人を超えた力に対する登場人物津田君の研究上の関心という形で、作品中に形象化されているのである。

　また「趣味の遺伝」では、主人公余は、寂光院の女と戦死した浩さんとの関係について、余は「此問題は遺伝で解ける問題だ。遺伝で解けば屹度解ける」としているが、ここでは、「遺伝」が、この二人を関係づける要因として、「然しこんな問題は当人の支配権以外に立つ問題だから、よし当人を尋ねあてゝ事実を明らかにした所で不思議は解けるものでない。」と、「当人の支配権以外に立つ」、個人を超えた力として捉えられている。余は次のように述べ「趣味の遺伝」という自説を展開する。

　寂光院は此小野田の令嬢に違ない。自分ながらかく迄機敏な才子とは今迄思はなかつた。余が平生主張する趣味の遺伝[14]と云ふ理論を証拠立てるに完全な例が出て来た。ロメオがジユリエツトを一目見る、さうして此女に相違ないと先祖の経験を数十年の後に認識する。エレーンがランスロツトに始めて逢ふ此男だぞと思ひ詰める、矢張父母未生以前に受けた記憶と情緒が、長い時間を隔てゝ脳中に再現する。

ここでは、男女がお互いに一目見て引かれ合うその力が、自意識や個人を超えた問題、「当人の支配権以外に立つ問題」であるところの、先祖の経験の「遺伝」によってもたらされるものとして捉えられている。さらに余はこの後「不思議な現象に逢はぬ前なら兎に角、逢ふた後にも、そんな事があるものかと冷淡に看過するのは、看過するものゝ方が馬鹿だ。」と述べている。余によって「趣味の遺伝」という二人の関係を説明づける「学説」が提出された後でも、その二人の男女の関係の不思議さ、神秘性は依然として保持されている。「趣味の遺伝」という「学説」は、先述した『吾輩は猫である』の「首懸の松」の説明に「ゼームス抔に云はせると」と心理学の言説を用いることが、「実に不思議な事」個人を超えた力を、「不思議な」その不可解さ神秘性を損なうことなく、作品内の現実と地続きにさせる装置として働いていたのと同様の役割を果たしているのである。

『吾輩は猫である』と、「琴のそら音」「趣味の遺伝」の共通する点として、「心理学」や「遺伝」といった学問的な言説が、「不思議な」自意識や個人を超えた力を、その不可解さ、神秘性を損なうことなく、作品内の現実と接続させる装置として作用している点を挙げることができよう。

また、「趣味の遺伝」において寂光院の女と戦死した浩さんの関係が、本人が生まれる以前の先祖からの「遺伝」によるものとして、「然しこんな問題は当人の支配権以外に立つ問題だから、よし当人を尋ねあてゝ事実を明らかにした所で不思議は解けるものでない。」と、「当人の支配権以外に立つ」自意識や個人を超えた力として捉えられている。

このように、自意識や個人を超えた力を形象化する装置として、男女関係が用いられている例は『漾虚集』の他の作品にも見ることができる。「エレーンがランスロットに始めて逢ふ此男だぞと思ひ詰める、矢張り父母未生以前に受けた記憶と情緒が、長い時間を隔てゝ脳中に再現する。」と、先程の「趣味の遺伝」からの引用に挙げられている「薤露行」も、この引用箇所に挙げられている、一夜の宿を借りた騎士ランスロットにエレーンが一目惚れし彼に引かれる力は、その一例である。そして、『吾輩は猫である』（二）にある、〇〇子さんが高熱にうなされる中で口走る譫言の中に、寒月の名が出てくることを聞いた帰り道、寒月が橋の上を通りがかった際、水の下から、〇〇子さんの呼び声を聞く。

〇〇子の声が又苦しさうに、訴へる様に、救を求める様に私の耳を刺し通したので。今度は「今直に行きます」と答へて欄干から半身を出して黒い水を眺めました。どうも私を呼ぶ声が浪の下から無理に洩れて来る様に思はれましてね。此水の下だなと思ながら私はとう〳〵欄干の上に乗りましたよ。今度呼んだら飛び込まうと決心して流を見詰めて居ると又憐れな声が糸の様に浮いて来る。こゝだと思つて力を込めて一反飛び上がつて置いて、そして小石か何ぞの様に未練なく落ちて仕舞ひました

呼び声を聞いて川に飛び込んだところ、間違って橋の真ん中に飛び込んでしまい、結局寒月は溺れずにすむのであるが、このエピソードも、譫言や水の中からの声によってお互いが引きつけ合わされるといったように、自意識や個人を超えた力を形象化する装置として、男女関係が用いられている例として挙げることができよう。

このような、自意識や個人を超えた力を形象化する装置としての男女関係に対する関心は、神秘性の要素は薄れてくるものの、『漾虚集』『吾輩は猫である』以後の作品にも見ることができる。『それから』における、平岡の妻である三千代との関係において、代助が「今日始めて自然の昔に帰るんだ(15)」と胸の中で言い、「彼は雨の中

に、百合の中に、再現の昔のなかに、純一無雑に平和な生命を見出した。其の生命の裏にも表にも、慾得はなかつた」[16]と、慾得といった自意識を離れた場所に、それ自体として見出される平安と秩序に気づく箇所をその例として挙げることができる。さらに『門』において、宗助と御米の関係が次に挙げるように、

事は冬の下から春が頭を擡げる時分に始まつて、散り尽した桜の花が若葉に色を易へる頃に終つた。凡てが生死の戦であつた。青竹を炙つて油を絞るほどの苦しみであつた。大風は突然不用意の二人を吹き倒したのである。二人が起き上がつた時は何処も彼処も既に砂だらけであつたのである。彼等は砂だらけになつた自分達を認めた。けれども何時吹き倒されたかを知らなかつた。[17]

何時吹き倒されたのかも知らない大風に吹き倒されたことに例えられているように、二人を結びつけた関係が、自意識や個人を超えた力として捉えられている。自意識や個人を超えた力を形象化する装置として、男女関係が用いられている例をここにも見ることができるのである。

（三）

『吾輩は猫である』は猫の目を通して語られる。語り手が猫という人間とは異類の存在であることによって、その語りの言葉自体が、人間の自意識では意識できない、人間の持つ側面を照射する言葉として位置づけられるという特異性を有する。ゆえに猫といった、人間とは類を異にする語り手の導入も、人間の自意識では認識不可

能な、人間がその意識で捉えるのとは異なった世界を描く装置である。その例として『吾輩は猫である』（九）から、次の箇所を引用する。

> 吾輩は是で読心術を心得て居る。いつ心得たなんて、そんな余計な事は聞かんでもいゝ。ともかくも心得て居る。人間の膝の上へ乗つて眠つてゐるうちに、吾輩は吾輩の柔かな毛衣をそつと人間の腹にこすり付ける。すると一道の電気が起つて彼の腹の中の行きさつが手にとる様に吾輩の心眼に映ずる。先達て抔は主人がやさしく吾輩の頭を撫で廻しながら、突然此猫の皮を剥いでちやんちやんにしたら嘸あたゝかでよからうと飛んでもない了見をむら〳〵と起したのを即座に気取つて覚えずひやつとした事さへある。怖い事だ。

「やさしく吾輩の頭を撫で廻」す、外見上の行為と、「此猫の皮を剥いでちやんちやんにしたら嘸あたゝかでよからう」という、外見からは決して推測できない、主人が抱いている思考の齟齬が奇妙なことである点は、主人自身には意識されていない。また、主人を外面的に観察する人間にも、主人の思考内容が外面からはうかがい知ることができない以上、他の人間にもその齟齬は決して認識されない。

その齟齬は、外から主人の行為を観察し、主人の思考内容を「読心術」によって捉えることができる、一度に人間の外面と内面を捉える「読心術」を心得た猫といった特殊な語り手によって初めて、照らし出すことができるのである。そして、その齟齬自体が持つ奇妙さ不可解さが、「ひやつとした事さへある。怖い事だ。」と、猫である語り手にとって皮を剥がれるという危険が、外見の観察からはその危険を決して察知できない。言い換えるならば、外見の観察という認識方法の限界と共に恐怖として作品中に形象化することを、このような語り手を採用することによって可能としているのである。

同様の手法は「琴のそら音」における、「浮世心理講義録有耶無耶道人著」なる書物における狸の語りにも用いられている。

「俗人は拙が作蔵を婆化した様に云ふ奴でげすが、そりやちと御無理でげせう。作蔵君は婆化され様、婆化され様として源兵衛村をのそ〳〵して居るのでげす。その婆化され様と云ふ作蔵君の御注文に応じて拙が一寸婆化して上げた迄の事でげす。すべて狸一派のやり口は今日開業医の用ひて居りやす催眠術でげして、昔しから此手で大分大方の諸君子を誤魔化したものでげす。（略）」

狸に化かされた作蔵君自身には、自分が狸に「婆化され様、婆化され様として」いることは、決して意識されない。意識されていれば、狸に化かされるなどといった滑稽なことは、彼の身に起こりえないであろう。そのような「婆化され様、婆化され様」といった作蔵君の意識の存在は、それを利用して化かす狸という、人間とは異類の語り手によって、初めて照射されるのである。

ここに見られるような、猫や狸といった、人間とは異類の語り手の導入によって、人間の自意識では認識不可能な、あるいは人間がその意識で捉えるのとは異なった世界を描く姿勢は、以後の作品においては『道草』に見られる、健三の、人間との間に絶対的な相違が存在する〈神〉の視点の発見に継承されていく。

彼は神といふ言葉が嫌であつた。然し其時の彼の心にはたしかに神といふ言葉が出た。さうして、若し其神が神の眼で自分の一生を通して見たならば、此強慾な老人の一生と大した変りはないかも知れないといふ気が強くした。(18)

努力を積み重ね現在の地位を得ている自分の一生と、強欲で何の取り柄もないように思われる老人島田の一生には、社会的な成功の観点から見れば雲泥の差が存在する。しかし、人間との間に絶対的な相違が存在する、つまり、人間の視点とは全く異なる〈神〉の視点から見れば、自分の一生と大して変わりがないことに思いを致す健三の姿が描かれている。ここには『吾輩は猫である』「琴のそら音」における異類の語り手、猫や狸より、はるかに高い視点から、健三における存在の全体性を照射することを可能にする視点が描かれているのである。

以上述べてきたように、自意識、個人を超えた力を作品中に形象化しようとする関心、言い換えれば、超越的、超自然的な存在さえも、自らの理性と感性に照らし合わせて検討し、その上で了解できる範囲において把握しようとする姿勢は、『吾輩は猫である』と、『漾虚集』に収録された作品とに共通して見られるのである。

超越的、超自然的な存在さえも、自らの理性と感性に照らし合わせて検討し、了解できる範囲において把握しようとする姿勢に、漱石の〈自己本位〉と呼ばれる立場へ発展する萌芽を見ることができ、また『吾輩は猫である』や『漾虚集』に収録された作品が書かれた時期においても、この〈自己本位〉の確立といったロンドン留学以来の問題が継続して問われていることを（一）で述べた。この〈自己本位〉の立場においては、日常的な出来事から超越的、超自然的な存在に至るまで、自らの理性と感性が価値判断の基準となっているのであり、その点で、自らの理性と感性、さらには自分自身に対して全幅の信頼を置く立場であることに改めて留意しておきたい。

しかしその一方で、〈自己本位〉の立場から言えば全幅の信頼を寄すべき自分自身そのものが、そのように全面的に信頼するにはあまりにも不確実であり、制御しえない揺らぎが存在することに対するまなざしも、『吾輩は猫である』に見ることができる。その例として、八木独仙の唱える説に対する苦沙弥の態度を挙げることができよう。

頑固で、ささいな出来事に対し癇癪を起こし続けている苦沙弥は、その癇癪を鎮めようと、かかりつけの医者甘木先生に催眠術をかけてもらうが、催眠術が効かず、催眠術によって癇癪を鎮めようとする試みは失敗に終わる。そのような苦沙弥の前に八木独仙が現れ、次のように述べる。

西洋の文明は積極的、進取的かも知れないがつまり不満足で一生をくらす人の作つた文明さ。日本の文明は自分以外の状態を変化させて満足を求めるのぢやない。西洋と大に違ふ所は、根本的に周囲の境遇は動かすべからざるものと云ふ一大仮定の下に発達して居るのだ。親子の関係が面白くないと云つて欧洲人の様に此関係を改良して落ち付きとらうとするのではない。親子の関係は在来の儘で到底動かす事が出来んものとして、其関係の下に安心を求むる手段を講ずるにある。(八)

続けて、独仙は次のように語る。

それだから君見給へ。禅家でも儒家でも屹度根本的に此問題をつらまへる。いくら自分がえらくても世の中は到底意の如くなるものではない。落日を回らす事も、加茂川を逆に流す事も出来ない。只出来るものは自分の心丈だからね。心さへ自由にする修行をしたら、落雲館の生徒がいくら騒いでも平気なものではないか、今戸焼の狸でも構はんで居られさうなものだ。(八)

周囲の状況に働きかけそれを変化させることで満足を求めようとするのが、西洋の文明の特徴であるが、その方法では際限がなく最終的に満足を得ることはできない。それに対して、周囲の状況は変えることができないと仮定した上で、その状況の下で安心を求める手段を講ずるのが日本の文明である。そのような日本の文明の立場に立つならば、自分の心さえ自由にできる修行を積めば、周囲の状況に左右されず安心を得ることができる。苦沙弥に引きつけて言えば、癇癪を起こさなくなるというのが独仙の考え方である。苦沙弥はこの独仙の考え方に共感し、実践すべく心を自由にできる修養をしようと考えるのである。そして、この引用箇所に関して補足すると、安心を得る手段を提示できる点に関して、西洋の文明に対する、日本の文明の優位性に言及していると位置づけることもできる。

「実は其時大に感心して仕舞つたから、僕も大に奮発して修養をやらうと思つてる所なんだ」
「奮発は結構だがね。あんまり人の云ふ事を真に受けると馬鹿を見るぜ。一体君は人の言ふ事を何でも蚊でも正直に受けるからいけない。独仙も口丈は立派なものだがね、いざとなると御互と同じものだよ。君九年前の大地震を知つてるだらう。あの時寄宿の二階から飛び居りて怪我をしたものは独仙君丈なんだからな」(九)

先述したように、心さえ自由にできる修行を積めば、周囲の状況に左右されず安心を得ることができる、というのが独仙の主張であった。しかし、地震といったように周囲の状況が激しく変化した際にはその安心が保てず不安になって、二階から飛び降りて怪我をするといったように、独仙の主張する心を自由にする修行も、独仙自身の行為そのものによって、それが究極的に安心を得る手段ではないことを証明してしまっている。その点を迷亭は批判するのである。言い換えれば、心さえ自由にできる修行が、その実効性が疑わしいことによって、逆説的に自己に属するはずの心そのものが、自己の意志では制御しえない揺らぎを内包していることを暴き出しているのであり、その点が迷亭によって鋭く指摘されているのである。

このような、独仙の考え方に対する迷亭の批判を受けて、苦沙弥自身も、考え方が揺らいでくる。

「自分が感服して、大に見習はうとした八木独仙君も迷亭の話しによつて見ると、別段見習ふにも及ばない人間の様である。のみならず彼の唱道する所の説は何だか非常識で、迷亭の云ふ通り多少瘋癲的系統に属しても居りさうだ。（九）

独仙の話を聞いたときは、彼の考え方に心服し、癇癪を起こさなくするべく大いに修養をやろうと決意していた苦沙弥であった。〈自己本位〉の立場から言えば、価値判断の基準として、自らの理性、感性には全幅の信頼を寄せるものであるが、その全幅の信頼を寄せる基準によって下されたはずの、自己の判断さえも信頼するに足る永続性を持たないことが、ここでの価値判断を百八十度転換する苦沙弥の態度によって示されている。ここには、ひいてはその価値判断の基準、つまり自らの理性、感性、さらには自分自身そのものが、絶対的な価値判断

の基準として運用するには永続性を欠く、という不確実さが存在する点へのまなざしを見ることができる。さらに次の箇所では、

八っちゃんの泣き声を聞いた主人は、朝つぱらから余程癇癪が起こつたと見えて、忽ちがばと布団の上に起き直つた。かうなると精神修養も八木独仙も何もあつたものぢやない。起き直りながら両方の手でゴシ〳〵ゴシと表皮のむける程、頭中引き掻き廻す。（十）

眠るといった意志の働かない状態を経ると、元通り癇癪を起こす苦沙弥の姿を通して、ユーモラスかつ端的に、意志の力を必要とする「修養」の限界があらわにされている。

これまで挙げてきた、『吾輩は猫である』における八木独仙の考え方をめぐる箇所は、〈自己本位〉の立場から言えば価値判断の基準として全幅の信頼を寄すべき、自らの理性、感性、さらには自分自身そのものが、時にはその全面的な信頼を突き崩すような、不確実さを内包している点を浮き彫りにしているのである。

そして、これまで見てきたように、「西洋人より昔しの日本人の方が余程えらいと思ふ」、「西洋と大に違ふ所は、根本的に周囲の境遇は動かすべからざるものと云ふ一大仮定の下に発達して居る」といった、八木独仙の述べるところの東洋的な考え方、対処の方法が、その不確実さの最終的な解決になりえないことも述べられているのである。それゆえに、この問題は〈自己本位〉の立場が抱える根本的な問題点として、以後の作品で継続的に問われていくことになる。

ここまで、『漾虚集』に収録された諸作品から『吾輩は猫である』を照射しつつ、作者、漱石の側から『漾虚

集』成立の背景を概観してきた。そのような、作者の側からの成立背景が存在する一方で、それぞれの短篇作品が、評者や一般読者から黙殺されることなく、発表当時からある程度の好評を持って迎えられたことがなければ、それらの作品が『漾虚集』として単行本にまとめられるに至らなかった、言い換えれば『漾虚集』成立はありえなかったと考えられる。本論では、そのような視点に立ち、作品享受の側の立場から、それぞれの作品が発表当時からある程度の好評をもって迎えられた要因を、当時の文化的な状況の側から検討することを、この論文における主な論点と位置づけながら、『漾虚集』収録各作品を検討することにしたい。

注

（1）『漱石全集　第十九巻』日記・断片　上　明治三十三年　日記一（九月八日―十二月十八日）平成七年十一月　岩波書店 p. 23

（2）〔　〕内は全集原文（前掲注（1）明治三十四年　日記二（一月一日―十一月十三日）p. 75）による。

（3）前掲注（1）明治三十四年　日記二（一月一日―十一月十三日）p. 75

（4）前掲注（1）明治三十四年（四月以降）断片八 p. 107

（5）この〈自己本位〉についてはのちに、「私の個人主義」（大正三年十一月二十五日、学習院輔仁会の依頼による講演）の中で、詳細に述べられている。以下にその箇所を挙げる。

　私はそれから文芸に対する自己の立脚地を堅めるため、堅めるといふより新らしく建設する為に、文芸とは全く縁のない書物を読み始めました。一口でいふと、自己本位といふ四字を漸く考へて、其自己本位を立証する為に、科学的な研究やら哲学的の思索に耽り出したのであります。（略）

　私は此自己本位といふ言葉を自分の手に握つてから大変強くなりました。彼等何者ぞやと気概が出ました。今迄茫然と自失《ママ》してゐた私に、此所に立つて、この道から斯う行かなければならないと指図をして呉れたものは実に此自我本位の四字なのであります。

自白すれば私は其四字から新たに出立したのであります。さうして今の様にたゞ人の尻馬にばかり乗つて空騒ぎをしてゐるやうでは甚だ心元ない事だから、さう西洋人振らないでも好いといふ動かすべからざる理由を立派に彼等の前に投げ出して見たら、自分も嘸愉快だらう、人も嘸喜ぶだらうと思つて、著書其他の手段によつて、それを成就するのを私の生涯の事業としやうと考へたのです。

其時私の不安は全く消えました。私は軽快な心をもつて陰鬱な倫敦を眺めたのです。

（引用は『漱石全集　第十六巻』評論ほか　平成七年四月　岩波書店 pp. 595〜596 による。但し、ルビは省いた）。

ここには〈自己本位〉の立場が、「文芸に対する自己の立脚地を堅めるため」、文学に対する自らの立場を明確にする取り組みの中で確立されたものであること、時期的には、ロンドン留学時代に見出されたものであることが述べられている。また、この「私の個人主義」の講演が大正三年十一月、『心』執筆後の時期といった、漱石の作家活動におけるかなり後の時期にされていることから分かるように、〈自己本位〉の立場が、「私の生涯の事業としやうと考へた」、これまでの作家活動において、初期からこの時期まで通底するものであることが示されている。

（6）伊豆利彦は〈自己本位〉について次のように述べている。「漱石の「自己本位」は決して自己閉鎖的なものではなく、人間と人間の関係であり、社会的なものであった。漱石は自己の外部に絶対者・特権者を認めず、自己の権利が犯されることを許さないと同時に、自己を絶対者・特権者として他人の権利を犯すことも認めなかった。漱石の「自己本位」は平等な人間と人間の関係であり、自己を世界の中心とし、他者を押し退けて自己を主張し、他者を支配しようとする近代的自我思想や専制的な国家主義とは鋭く対立した。」（三好行雄編「夏目漱石事典」別冊國文學 NO. 39　伊豆利彦「自己本位」平成二年七月　學燈社 p. 153）この指摘はほぼ首肯できる。

（7）前掲注（1）明治三十四年（四月以降）断片一四 pp. 122〜123

（8）前掲注（1）明治三十四年（四月以降）断片一三 p. 121

（9）この訳は、『漱石全集　第十九巻』日記・断片　上　注解　P. 454 による。

（10）前掲注（1）明治三十八、九年（明治三十八年十一月頃より明治三十九年夏頃まで）断片三二D p. 201

（11）伊豆利彦は、漱石における〈神〉に関して〈自己本位〉との関連から、「漱石は世界を予定調和に導く絶対者、世界の中心＝神の存在を否定した。自己の外部に自己を導く神を持たず、いかなる道徳的規範も、固定的な心情も信念も思想も持っていない漱石は、ただ自己に従って生きるしかないが、この自己は決して固定的実体的なものではありえなかった。自分自身で自分が何者であるかを知ることができないのである。」と述べている。（前掲注（6）伊豆利彦「自己本位」）ここで述べられているように、自己の行為や心情、思想を拘束する存在としては、漱石は神を否定していると考えられる。

しかし、「薤露行」において、神を信頼するエレーンの、来世への期待からの行為が、エレーン個人の救済にとどまらず彼女以外の人々に対しても救済や調和をもたらす結末や、後の作品では、「道草」において「彼は神といふ言葉が嫌であつた。然し其時の彼の心にはたしかに神といふ言葉が出た。さうして、若し其神が神の眼で自分の一生を通して見たならば、此強慾な老人の一生と大した変りはないかも知れないといふ気が強くした。」と人間の視点とは異なる神の全的な視点に触れているように、「世界を予定調和に導く絶対者、世界の中心」としての「神」の存在自体は否定していないのであり、漱石の作品中にもそのような存在へのまなざしを見ることができる。（「道草」の引用は『漱石全集　第十巻』平成六年十月　岩波書店　p. 146による）

（12）前掲注（10）断片三二D　p. 203

（13）『漱石全集　第一巻』平成五年十二月　岩波書店　の「注解」の「副意識」の項目には「subconsciousness の訳語。現在では潜在意識と訳される事が多い。自覚されることなく、行動や考え方に影響を与える意識。「副意識下の幽冥界……」以下は、『宗教経験の諸相』に述べられている。」とある。また、「幽冥界」の項目には、「かすかで暗い世界。ここでは無意識の領域のことをいう。」と述べられている。何れもp. 588

（14）傍点は全集原文による。

（15）『漱石全集　第六巻』平成六年五月　岩波書店　p. 271

（16）前掲注（15）p. 271

（17）前掲注（15）pp. 533〜534 ただしルビは省略した。

（18）『漱石全集　第十巻』平成六年十月　岩波書店　p. 146 ただしルビは省略した。

『吾輩は猫である』本文引用はすべて、『漱石全集　第一巻』平成五年十二月、岩波書店による。

26

『漾虚集』収録作品（「倫敦塔」「カーライル博物館」「幻影の盾」「琴のそら音」「一夜」「薤露行」「趣味の遺伝」）の引用はすべて、『漱石全集　第二巻』平成六年一月、岩波書店による。ただしルビは省略した。以降の論も同一の底本による。

第一章　評価基準の変革／暴露

一　「倫敦塔」

――「一字一句」の呪縛からの解放――

（一）

「倫敦塔」は、明治三十八年一月「帝國文學」に掲載された。後、明治三十九年五月、短編集『漾虚集』（服部書店・大倉書店刊）に収録された。

作品の末尾につけられた「後書き」で、「其中エリザベス（エドワード四世の妃）が幽閉中の二王子に逢ひに来る場と、二王子を殺した刺客の述懐の場は沙翁の歴史劇リチヤード三世のうちにもある。」、「夫から断頭吏の歌をうたつて斧を磨ぐ所に就いて一言して置くが、此趣向は全く「エーンズウオース」の倫敦塔と云ふ小説から来たもので、余は之に対して些少の創意をも要求する権利はない。」、「二王子幽閉の場と、ジエーン所刑の場に就ては有名なるドラロツシの絵画が尠からず余の想像を助けて居る事を一言して聊か感謝の意を表する。」と、典拠に言及していることがあり、早い時期から比較文学方面における研究がなされてきた。

すでに昭和三十年代に景山直治が、次のように、「倫敦塔」にダンテの「神曲」の一節が引用されていることを受けて、「神曲」と「倫敦塔」との構成の類似を指摘している。

漱石は血塔・白塔・ポ《ママ》ーシヤン塔と順を追うてイギリス史上の地獄絵巻を繰りひろげてゆくが、神曲もまた一圏々々に過去の諸人物の受苦の状を描いてゆく。

こういつ《ママ》たからとて、私は倫敦塔が神曲の模倣だなどと考えているのではない。ただ漱石が倫敦塔を書くとき、頭の中に神曲があつ《ママ》て、構想上に影響をうけていると考えるのである。(1)

この論考は、直接典拠との異同を論じるものではない。しかしその一方で、論考の最後に「漱石蔵書中の「神曲」については東北大学図書館の相馬正基氏及び東北大学教授の佐藤昌介氏の御示教にあずかった。謹んで謝意を表す。(2)」と記されていることから、漱石が用いた典拠との直接の関連をも論考の視野に入れていたと考えられる。

漱石が、「倫敦塔」執筆に際して用いた資料との直接の関連を論じたもので、早い時期のものとして、大村喜吉「「倫敦塔」の構成」を挙げることができる。

しからば私のこの小論の目標は何か。端的に云えば、漱石の盛んなる空想力にもかかわらず、漱石はその「倫敦塔」を作り上げる上において以上の二つの作品（引用者注：Shakespeare Richard III と Ainsworth The Tower of London）以外に一箇の資料を必要としたという事実である。その資料とは何か。それは案内記である。漱石の蔵書の中に見出されるベデカー旅行案内記である。即ち Baedeker's London and Its environs : K. Baedeker. 1898 である。(3)

大村喜吉は、この論の中でまた、「なお漱石はこの Baedeker 案内書のほかに、Dick の A Short Sketch of the Beauchamps Tower, Tower of London ; and also a Guide to the Inscriptions and Devices left on the Walls thereof. London : Bemrose & Sons. をも併用したに違いない。[4]」とも述べ、管見によれば、「倫敦塔」執筆に際して漱石が用いた資料として、この二冊と「倫敦塔」との関連を論じた、最初のまとまった論である。以後、「倫敦塔」論は、漱石が「倫敦塔」執筆に際して使ったと考えられる典拠、あるいは歴史的、地理的事実と「倫敦塔」の異同を、詳細に解明する方向で主に研究が進んでいくことになるが、以上の論は、研究史の流れに先鞭をつけるものであった。

このような流れにある論を挙げる。堤稔子は、歴史的事実との関連を論じている。

> 幻想的に、そして印象的に描いてあり、かなり脚色してあるが、使っている人物や事件は意外に事実に忠実である。ボーシャン塔を出て帰路に着き、鐘塔の下にさしかかると、高い窓からガイフォークスが稲妻のような頭を出し、「今一時間早かったら……この三本のマッチが役に立たなかったのは実に残念だ」という声さえ聞こえた、と書いてあるところなども、事実を織りまぜ、この夢物語に歴史性を与えていておもしろい。[5]

と、「倫敦塔」が歴史的事実に、ほぼ忠実であることを述べている。[6]

越智治雄は、留学中における漱石の下宿からの、ロンドン塔と塔橋の位置に関して、作品「倫敦塔」にだけ接していると、いつしか錯覚に陥らずにはいられないのだが、実はガワー・ストリートの宿は倫敦塔と同じくテームス川の北側にあるのだから、塔橋はぜひとも渡らねばならぬわけではなかった。仮りに道順のつごうでそれが必要であったとしても、他の目的地と宿への帰路を考えれば、塔橋を往復することがかなりの廻り道であることだけは確かだろう。(7)

と述べ、実際にはロンドン塔へ行くのに、塔橋を渡る必要がないにもかかわらず「漱石の内部に一つの構図がおそらく用意されていた。(8)」と、漱石が意図的に橋を用いて「川のこちらに日常の生活があり、川を隔てて「別世界」がある。(9)」構図にしたと述べている。

これ以後も、「倫敦塔」の典拠に関しては、精緻な研究が進められ、現在に至っている。この方面の研究の進展は、塚本利明、松村昌家によるものが大きい。塚本利明は、「「悲惨の歴史」を描くにさいして重要な材源となった(10)」ものとして、「漱石山房蔵書目録に残っているところの、W. R. Dick 著 *A Short Sketch of the Beauchamp Tower—And also a Guide to Inscription & Devices Left on the Wallsthereof*(11)」を挙げ、この小冊子の成立事情にロンドン塔の歴史を視野に入れながら触れ、『倫敦塔』への影響を「全体としては多様性への志向と、個々の箇所については冗長さから簡潔さへという意志(12)」と論じた。また、作品末尾に典拠として記されている「ドラロッシの絵画」については、松村昌家によってルーブル美術館に収められている「エドワード四世の二王子」の同じ画家による複製版《レプリカ》が、一八三一年以来ロンドンのウォレス・コレクションに所蔵されていることと、「ジェイン・グレーの処刑」の絵が、一九七三年まで、テイト・ギャラリーにあったことが指摘されている。(13)

さらに、昭和六十年代に入り、中川浩一が、久しく言及されてこなかった、東北大学図書館漱石文庫に所蔵されている、Baedeker's London and Its Environs, 1898と『倫敦塔』の記述との関連を論じた。(14)なお、この東北大学図書館漱石文庫所蔵『ベデカ旅行案内』に関しては、平成に入ってからも、稲垣瑞穂が、「The Tower」の部分の訳と注釈を試みている。(15)

以上検討してきたように、「倫敦塔」論は、漱石が「倫敦塔」執筆に際して使ったと考えられる典拠、あるいは歴史的地理的事実と「倫敦塔」の異同を、詳細に解明する方向で主に研究されてきた。そこで現在まで、なぜこの側面に研究の方向性が限定されてきたのか、改めてその理由を検討してみるとき、その理由として、この作品に対するまなざしが、専ら「書く」行為の側に向けられてきたことを挙げることができる。

そこで本論では、これまでまなざしが向けられてきた「書く」行為に対して、「読む」行為の側に目を向けてみることにしたい。この作品の「後書き」は、初出の「帝國文學」においても、また所収された単行本『漾虚集』においても同様に掲載されている。作品発表当時の読者も、現在と同様に、「後書き」を含めた形でこの作品を享受していたのである。(16)ゆえに、この作品に典拠の存在を強調する役割を持つ(17)「後書き」が、発表当初から存在することに着目し、「倫敦塔」発表当時の「読む」行為である当時の文学作品に対する享受態度に、「倫敦塔」が与えた影響の観点を視野に入れながら、「読む」行為の側に目を向けることによって、この作品を再検討していくことにする。

（二）

当時の文学作品に対する享受態度に対して、「倫敦塔」が与えた影響を論じるに先立ち、「倫敦塔」が発表される前年、明治三十七年前後における、文学作品に対する享受態度に関して、若干の考察を加えることにしたい。「明星」明治三十七年五月号は、目次によれば「我社に縁故あつき故齋藤緑雨氏の追悼號」と銘打たれ、齋藤緑雨の追悼談が掲載されている。故人の追悼談は、故人と親しい間柄にあった、あるいは仕事上近い関係にあった者が、生前のエピソードや行動、あるいは業績を、故人となった現在の地点において、肯定評価する立場から語られるのが一般的である。それだけに、故人齋藤緑雨の業績に肯定評価を与えることのできる、明治三十七年現在の地点における文学作品に対する評価基準の一端を、伺い知ることができよう。前掲した「明星」明治三十七年五月号に掲載された「故齋藤緑雨君（談話）」から伊原青々園の談話を引用する。

すべて緑雨君の書いた物で途絶れるのが多いは懈けるのでは無くて凝りすぎるからで其の一字一句も忽せにせられなかつた點は實に文筆に從事するものゝ手本とすべきでありますが、世間の俗人は其れを買はないで、濫作を勉強と思ひ、苦心を無精と思ふのですから、情ない次第です。(18)

作品の中絶さえ厭わず、「凝りすぎ」「其の一字一句も忽せにせられなかつた點」を、「實に文筆に從事するものゝ手本とすべき」と述べている。文学作品の創作態度に関して、表現を極限まで検討する単位を、一文一場面ではなく、それよりはるか以前である一字一句といった、これ以上細分不可能な微細の極限である単位にとる態度を、「文筆に従事するものゝ手本」とする規範意識が、この当時存在していたことを知ることができる。「緑雨君の書いた物」が肯定評価されるのは、そのような創作態度によって生み出されたゆえにほかならない。同じく「故齋藤緑雨君（談話）」から、さらに馬場孤蝶の談話を引用する。

一体齋藤君は一字一句念を入れて書いた人です。一字一句殆ど動かない字を使つて文章を作つた人です。あの人がゞの上に幾度も張つたのだから餘程念を入れたものゝやうです。齋藤君はその時に『こゝに書いてあるだけの意味を少しも變へぬやうに此文章が、此上に直せるものなら、直して見るが宜い』といつて笑つたのです。(19)

馬場孤蝶も伊原青々園と同様、齋藤緑雨の「一字一句殆ど動かない字を使つて文章を作つた」点を評価している。そして、生前の言葉を引用し、一字一句といったこれ以上細分不可能な微細な単位においてまで、表現内容と表現方法との微細な乖離を許さない齋藤緑雨の創作態度を高く評価している。この評価からは、表現内容と表現方法との微細な乖離を、一字一句の単位であっても許してはならないといったことが、文学作品の創作態度に関して、当時規範意識として存在していたことがうかがえる。

同様の価値基準は、同じく明治三十七年に掲載された、尾崎紅葉一周忌追悼においても見ることができる。「丁度今月は紅葉先生の亡《なくな》られた一週《ママ》忌になりますので、何か逸話を私に話せといふお頼みでございましたから」(20)という言葉に始まる、「明星」明治三十七年十一月号に掲載された、柳川春葉「故紅葉山人逸話」を引用することにする。

文字なども非常に注意されて、文字が一字不味《まづ》く出來ても、何うも氣に入らないといふので又書直すといふ風で、是等は一つの癖の内ではありませうけれども、兎角に細事も忽《ゆるかせ》にされないといふ一例であります。文章を直すといふのは、文章の組立を推敲するので、文字や何にかのことは極く末の事であると言つて居られましたが、けれども文字の末に氣を揉んで居られました。一字のことで殆と新聞一回休まれることがあつたのです。(21)

「文字なども非常に注意され」ることを挙げ、「兎角に細事も忽《ゆるかせ》にされないといふ一例」とし、このような態度を評価している。「一字のことで殆ど新聞一回休まれることがあつた」ことも、作品を完成させることのできない怠慢として、批判の対象にするのではなく、作品の完成を犠牲にしてさえ、一字一句の微細な単位で、表現内容と表現方法の一致を追求した結果、と肯定的に評価するのである。

表現内容と表現方法の微細な乖離を、一字一句の単位で許さない、といった規範意識を評価する態度は、作品を享受する側にも次のような態度をもたらす。それは、表現方法と表現内容は、ほとんど倫理的とも言える規範意識をもって、文学作品の創作者が一致させているのであるから、作品を享受する側も、記されている一字一句の選択背景に思いをはせ味わうことが、とりもなおさず、作者の意図する表現内容の理解であり、それが作品の享受である、とする享受態度である。

その一例として「讀賣新聞」に掲載された、文科大学で共にシェークスピアを講じる上田敏と夏目漱石の作風の相違について述べた、XY「文科大學學生々活《がくせいくくわつ》」（十八）漱石《そうせき》と柳村《りうそん》を挙げる。これには、上田敏の作風に関して次のように記されている。


　エレデイヤとか何《なん》とか、殊更《ことさら》に日本《にほん》にあまり知《し》れ渡《わた》らぬ作家《さくか》を、我《われ》ハ顔《がほ》に吹聴《ふいちやう》し、作中《さくちう》の固有名詞《こいうめいし》も、希《ぎり》鑞《しや》以太利《いたりー》それ〴〵原音《げんおん》で讀《よ》み、決《けつ》して重譯《ぢうやく》の疑《たがひ》を容《い》れさせぬハ敏先生独特《びんせんせいどくとく》の手腕《しゆわん》。鄙《ひな》びたる言葉《ことば》、今様《いまやう》の詞句《しく》ハ厭《いと》ひ玉《たま》ひ、古語《こゞ》を〳〵と詮索《せんさく》し、決《けつ》して「持《も》つて來《き》てくれた」とか、「腰《こし》をおろしてる」などの語《ご》を用《もち》うることハない。

　文學評論《ぶんがくひやうろん》をすれバ、以太利西班牙希鑞等《いたりーすぺいんぎりしやとう》の引用凄《いんようすさま》じく、飜譯《ほんやく》をすれバ、源氏《げんじ》や枕艸紙《まくらのさうし》にでもありさうな艶麗《ゐんれい》の文字《もんじ》紙上《しじやう》に滿《み》つ。[22]

　ここには、上田敏が詩や評論で用いる、微細な一字一句という単位にさえ、西欧の文学作品や日本の古典の背景が見出すことができること、そしてその一字一句の選択は、それらの一字一句が用いられている、作品の格調の高さを反映するものである、と判断して作品を評価する享受態度を見ることができる。

　また、もう一つの例として、「文藝倶楽部」明治三十七年二月号に掲載された、大町桂月「天下《てんか》の惡文《あくぶん》」を挙げることにしたい。この記事は「茲《こゝ》に去年《きよねん》（引用者注　明治三十六年）十二月《がつ》二十七日《にち》の萬朝報《よろづちやうはう》に於《おい》て、この人《ひと》が亡《な》き高山博士《たかやまはくし》に就《つ》いて評論《ひやうろん》せる文章《ぶんしやう》の中《うち》より、最《もつと》も甚《はなはだ》しき箇所《かしよ》を摘出《てきしゆつ》して、之《これ》に卑見《ひけん》を加《くは》へて、其反省《そのはんせう》して奮《ふん》勵《れい》せむことを促《うなが》さむとす」とし、「萬朝報」に掲載された「雨のや」の評論を、主に用語の面から批判したものである。

> 失禮《しつれい》ながら九皐の字義《じぎ》を知《し》り給《たま》へりや。皐とは沼淤《せうお》の地《ち》也《なり》。九とは野《や》より數《かぞ》へて、遠《とほ》く、奥深《おくふか》きことを意《い》味《み》せる也《なり》。この句《く》の意味《いみ》は、鶴《つる》が、遠《とほ》き、遠《とほ》き野外《やぐわい》の濕地《しつち》に鳴《な》きても、その聲《こゑ》、なほ天《てん》にまでも聞《きこ》ゆ、誠《まこと》は掩《おほ》ふべからざるものなりとの事也《ことなり》。高山博士が草莽にありたれど、其筆よく天下を動かしたりといふ意《い》味《み》にでも用《もち》ゐれば、用《もち》ゐられざるに非《あら》ず。されど、この句《く》よりして、高山博士《たかやまはくし》の死亡《しぼう》を聯想《れんさう》するは、餘《あま》りに常識《じやうしき》を失《うしな》へるわざ也《なり》。殊《こと》に高山博士《たかやまはくし》の死亡《しぼう》を形容《けいよう》して、『九皐の外に逸す』といふは、無《む》鐵砲《てつぽう》きはまる話《はな》し也《なり》。死亡《しぼう》を形容《けいよう》せむとせば、『九泉の下《もと》に逸《いつ》す』とか、『九天の外《ほか》に逸《いつ》す』とか云《い》ふべし。

これは先の、ＸＹ「文科大學學生《がくせい》々活《くくわつ》」（十八）漱石《そうせき》と柳村《りうそん》と異なり、内容的には、評価の対象となった文を「天下の惡文」として批判するものとなっている。しかし、「九」「皐」といった、まさに一字一字の単位で「字義」をその選択背景として想定し、その想定に基づくと仮定するならば、表現方法である文字の「字義」と、表現内容である「高山博士の死亡」とが一致しない点を、規範に反した「惡文」として非難しているのであり、記されている一字一句に対して選択背景を見出しまたは想定し、その選択背景と関連させることによって、表現内容を理解する態度において、先のＸＹ「文科大學學生《がくせい》々活《くくわつ》」（十八）漱石《そうせき》と柳村《りうそん》に見られる享受態度と共通しているのである。

このように、ほとんど倫理的とも言える規範意識に基づいて、作者が一致させていると了解されている表現方法と表現内容を、表現方法の面から、つまり、一字一句の単位で、西欧の文学作品や日本の古典を背景として見出すことに見られるように、記されている一字一句の選択背景に思いをはせ味わうことが、とりもなおさず、作者の意図する表現内容の理解であり、それが作品の享受であることが、当時、文学作品に対する一つの享受態度として理解されていたのである。

（三）

これまでに述べた点を踏まえた上で、作品内容の検討に入っていくことにしたい。

二年の留学中只一度倫敦塔を見物した事がある。其後再び行かうと思つた日もあるが止めにした。人から誘はれた事もあるが断つた。一度で得た記憶を二返目に打壊はすのは惜い、三たび目に拭ひ去るのは尤も残念だ。「塔」の見物は一度に限ると思ふ。

語り手が、留学中に倫敦塔を一度だけ見物したことが語られ、以下の語りは、その経験に基づくことが作品の冒頭で示される。同時にこれによって、以下の語りを、語り手の倫敦塔見物記、つまり語り手の塔訪問の経験を語ったものとして読むことを読み手に要求するのである。さらに、その倫敦塔の見物が「其後再び行かうと思つた日もあるが止めにした」と、一度に限定されたことが[23]、他ならぬ語り手の意志であることを示すことで、その枠組みは、読み手が準拠すべきものとして、語り手の意志をもってさらに強化される。以後、読み手はこの作品を、語り手の塔訪問の経験を語ったものとして、読み進めていくことになるのである。

加えて、「しかも余は他の日本人の如く紹介状を持つて世話になりに行く宛もなく又在留の旧知とては無論ない身の上であるから恐々ながら一枚の地図を案内として毎日見物の為め若くは用達の為め出あるかねばならなかつた。」ことが語られ、以下のように続く。

余は已を得ないから四ッ角へ出る度に地図を披いて通行人に押し返されながら足の向く方角を定める。地図で知れぬ時は人に聞く、人に聞いて知れぬ時は巡査を捜す、巡査でゆかぬ時は又他の人に尋ねる、何人でも合点の行く人に出逢ふ迄は捕へては聞き呼び掛ては聞く。かくして漸くわが指定の地に至るのである。

地図という文字や図を含む紙上の情報を、目的地到達のために依拠すべき典拠とみなし、現在地つまり、自分の身体の位置を、目的地到達、言いかえれば、典拠と身体の位置の一致を得るまで、飽くことなく典拠と身体性を突き合わせる作業が、「余」の倫敦塔訪問当時、日常的に繰り返されたことが述べられる。「無論汽車へは乗らない、馬車へも乗れない、滅多な交通機関を利用仕様とすると、どこへ連れて行かれるか分らない。」[24]、身体の移動を交通機関に委ねられない以上、倫敦塔訪問当時、この作業は「余」にとって、日常繰り返され、常にその作業自体が意識されている状況であった。その上で、「「塔」を見物したのは恰も此方法に依らねば外出の出来ぬ時代の事と思ふ」と述べられることによって、これから語られる語り手「余」の、倫敦塔訪問の経験の背景には、この、典拠と身体性を突き合わせる作業に対する構えが、常に「余」の脳裡と身体にあったことに留意する必要があろう。

「余」は、まるで引き寄せられるかのように、倫敦塔に入っていく。

今迄佇立して身動きもしなかつた余は急に川を渡つて塔に行き度なつた。長い手は猶々強く余を引く。余は忽ち歩を移して塔橋を渡り懸けた。長い手はぐい〳〵牽く。塔橋を渡つてからは一目散に塔門迄馳せ着けた。見る間に三万坪に余る過去の一大磁石は現世に浮游する此小鉄屑を吸収し了つた。

さらに、門を入ったところで、「余」は門を振り返って見る。

門を入つて振り返つたとき
　憂ひの国に行かんとするものは此の門を潜れ。
永劫の呵責に遭はんとするものは此の門をくゞれ。
迷惑の人と伍せんとするものは此の門をくゞれ。
正義は高き主を動かし、神威われを作る。
最上智、最初愛。我が前に物なし只無窮あり我は無窮に忍ぶものなり。
此門を過ぎんとするものは一切の望みを捨てよ。
といふ句がどこぞに刻んではないかと思つた。余は此時既に常態を失つて居る。

これまで、身体の移動に際して、地図という典拠を求めることは、意識的に行われてきた。しかし、倫敦塔の門をくぐるという身体の移動が、まるで引き寄せられるように、と半ば独りでになされたのに伴うかのように、それが、意識的に行う目的合理性をもった行為としてのみならず、くぐった門を、「句」といった、依拠すべき典拠との連関のうちに捉えるまなざしとして「余」の内に存在することを、倫敦塔の門をくぐるという行為が、図らずも顕在化させたのである。このまなざしの予測しない顕在化が、「余は此時既に常態を失つて居る」ことなのである。つまり、「余」にとって倫敦塔は、身体の移動、身体性に関連させて、それと関連づけるべき典拠を求める認識の構えつまりまなざしが、「余」の予測しない形で顕在化させられる〈場〉なのであると言えよう。「倫敦塔の歴史は英国の歴史を煎じ詰めたものである。過去と云ふ怪しき物を蔽へる戸帳が自づと裂けて龕中の幽光を二十世紀の上に反射するものは倫敦塔である。」と、倫敦塔を英国の歴史を凝縮した場、として捉えていることが、作品の初めで示される。さらにこの見方が、「凡てを葬る時の流れが逆しまに戻つて古代の一片が現代に漂ひ来れりとも見るべきは倫敦塔である。」と、かなりの必然をもった推量あるいは当然であるかのごとく語られるが、このように倫敦塔を捉えるべきであるとする根拠、規範は、実は「余」が日本に居たときに読んできた歴史の本や小説なのである。このことは、作品の先の方であるが、次のように述べられていることから理解できよう。

南側から入つて螺旋状の階段を上ると茲に有名な武器陳列場がある。時々手を入れるものと見えて皆ぴか〳〵光つて居る。日本に居つたとき歴史や小説で御目にかゝる丈で一向要領を得なかつたものが一々明瞭になるのは甚だ嬉しい。然し嬉しいのは一時の事で今では丸で忘れて仕舞つたから矢張り同じ事だ。

この箇所で「一々明瞭になるのは甚だ嬉しい」のは、「余」が現在目にしている、武器そのものではないことに留意したい。日本にいた時に読んだ「一向要領を得なかつたもの」書物上の断片的な情報が、手も触れんばかりに目前にしている、武器と関連づけられることで、身体性を伴った理解に変化し、その結果、歴史や小説の記述が「一々明瞭」になったのである。また、別の箇所でも、

> 余は覚えず其の前に立ち留まつた。英国の歴史を読んだものでジエーン、グレーの名を知らぬ者はあるまい。又其の薄命と無残の最後に同情の涙を濺がぬ者はあるまい。

とあり、「英国の歴史」、「英国の歴史を煎じ詰めた」「倫敦塔の歴史」は、語り手「余」が日本で読んできた、「歴史や小説」に依拠していることは明らかである。さらにそれは「歴史や小説」とあることから読みとれるように、特定の一冊ではなく、複数の書物に依拠するものなのである。

これまで述べてきたことをまとめると、「英国の歴史」、「英国の歴史を煎じ詰めた」とされる「倫敦塔の歴史」は、語り手「余」が日本で読んできた、「歴史や小説」複数の典拠となる書物に依拠しているのであり、「余」にとって倫敦塔とは、身体の移動、身体性に関連させて、依拠すべき典拠を求める認識の構え、つまりまなざしが、「余」の予測しない形で顕在化させられる〈場〉なのである。

これらが最も典型的に表れているのは、ジェーンの処刑場面であろう。「気味が悪くなつたから通り過ぎて先へ抜ける。」、身体の移動は、「銃眼のある角を出ると滅茶苦茶に書き綴られた、模様だか文字だか分らない中に、正しき画で、小く「ジエーン」と書いてある。」目の前に断片的な文字情報を発見させ、その発見はまた、「余は覚えず其の前に立留つたぎり動かない。」身体の移動を「覚えず」停止させるといった、身体性の変化をもたらすのである。この、断片的な文字情報の前で、身体の移動を停止させ

られるといった、身体性の変化に関連させられ、

ジエーンは義父と所天の野心の為めに十八年の春秋を罪なくして惜しげもなく刑場に売つた。揉み躙られたる薔薇の蕊より消え難き香の遠く立ちて、今に至るまで史を繙く者をゆかしがらせる。

と、目前にしている断片的な文字情報は、「史を繙く」、依拠すべき典拠を求める媒介へと変化するのである。このように、身体の移動、身体性の変化に伴って、それに関連する、依拠すべき典拠の存在を求める認識の構え、つまりまなざしが、顕在化させられてゆくのである。

さらに、この場面がまさに山場を迎える、ジェーンが処刑される箇所を挙げることにしたい。

女は稍落ち着いた調子で「吾夫が先なら追付う、後ならば誘ふて行かう。正しき神の国に、正しき道を踏んで行かう」と云ひ終わつて落つるが如く首を台の上に投げかける。眼の凹んだ、煤色の、背の低い首斬り役が重た気に斧をエイと取り直す。余の洋袴の膝に二三点の血が迸ると思つたら、凡ての光景が忽然と消え失せた。

酒井英行は、このジェーンの処刑場面に関して、

『倫敦塔』の主座にジェーン・グレーを据えていることは明白であろう。『倫敦塔』のプロットはジェーン

の処刑に収斂するように組み立てられているのである。

ジェーンの処刑に収斂させるという骨組み、それを漱石は、エインズワースの『ロンドン塔』から着想したのであろう。(25)

と述べている。酒井英行は、ジェーン処刑場面を『倫敦塔』のプロットが収斂する場面、つまり『倫敦塔』の作品構成の点から全編の山場と規定しているのである。しかし、ジェーン処刑場面の先ほど挙げた箇所において、認識の構え、まなざしとして、存在が求められてきた依拠すべき典拠は、「余の洋袴の膝に二三点の血が迸ると思つたら」という、身体性の変化を、まさに「余の洋袴」、「余」の身体そのものを場として、「余」が予測しえなかった程の鮮烈な印象を伴って「余」に引き起こすに至る。ジェーン処刑場面のこの箇所は、前述した〈場〉としての倫敦塔が、最も鮮烈に「余」によって経験される箇所として、位置づけることができるのである。

語り手「余」にとって「倫敦塔の見物」とは、身体の移動、身体性の変化に関連づけられた、倫敦塔で目にしたものと、語り手「余」が日本で読んできた、「歴史や小説」、複数の依拠すべき典拠との突き合わせ、身体を場にした、「余」における編集作業なのである。この編集作業においては、身体の移動、身体性の変化が重要な要素となっていることに留意しておく必要があろう。

（四）

倫敦塔における「余」の経験の山場である、ジェーン処刑の場面に関しては前節で検討した。この節ではこれまで述べていない、ジェーン処刑の場面に至るまでの場面と、その後の場面に関して、検討を加えることにしたい。「余」は、ボーシャン塔に行く途中で、「若い女」に出会う。

女は長い睫の奥に漾ふて居る様な眼で鴉を見詰めながら「あの鴉は五羽居ます」といつたぎり小供の問には答へない。何か独りで考へて居るかと思はるゝ位済して居る。余は此女と此鴉の間に何か不思議の因縁でもありはせぬかと疑つた。彼は鴉の気分をわが事の如くに云ひ、三羽しか見えぬ鴉を五羽居ると断言する。

三羽の鴉を見て「五羽居ると断言する」ことにみられるように、「若い女」は、「余」が、倫敦塔の事物を目にするのみでは、決して知りえないことを、彼女は知っているのであり、彼女は、そのことが当然のごとくふるまう。その点を「余」は、「若い女」に対して、「此女と此鴉の間に何か不思議の因縁でもありはせぬか」といぶかしく思うのである。「余」は、ボーシャン塔の真ん中で、再び「若い女」に出会う。

男の子が壁を見て「あすこに犬がかいてある」と驚いた様に云ふ。女は例の如く過去の権化と云ふべき程の屹とした口調で「犬ではありません。左りが熊、右は獅子で是はダツドレー家の紋章です。」と答へる。実の所余も犬か豚だと思つて居たのであるから、今此女の説明を聞いて益不思議な女だと思ふ。

ここでも、「余」が壁を見ている限りでは、「犬か豚」としか読みとれない図に関して、「若い女」が、「左りが熊、右が獅子で是はダッドレー家の紋章」と、壁にある図そのものを単に目にすることだけからは、決して知り得ない情報を引き出していることを理由として、「余」は「益不思議な女だと思ふ」と、この女の正体に関する不思議さ、怪しさをさらに募らせている。次の箇所でも、

女は此句を生れてから今日迄毎日日課として諳誦した様に一種の口調を以て誦し了つた。実を云ふと壁にある字は甚だ見悪い。余の如きものは首を捻つても一字も読さうにない。余は益此女を怪しく思ふ。

「壁にある字は甚だ見悪い」ので、壁の字のみを見ている「余」が、その句を読み取るのは不可能である。そのような壁の字を読むためには、壁の字以外の情報が不可欠である。その情報を、この「若い女」は知っている。さらに、その情報源に関して、全くもって、「余」のあずかり知らないものなのである。それゆえに、「余」は、「益此女を怪しく思ふ」と、この女の正体を、いよいよ「怪し」いものとして、確信するのである。

この「若い女」に対して、近年、研究上の関心が高まっている。この研究上の関心は、伊藤健が、「ジェーン・グレイが子を連れているということは、彼女が大人として、そして性の経験を経た女として描かれている証拠なのだ。だからこそ、彼女は「余の心を動かし」得る美貌の持ち主なのであり、「余」が「怪しい」と譬えている魅惑で彼を惹きつけることが出来るのだ。」（「「倫敦塔」の世界」「比較文化雑誌」昭和五十七年十二月　東京工業大学比較文化研究会」）と論じ、ジェーンを初めとする〈女性〉といった着眼点を見出したことに端を発している。

この論以降の論考では、「若い女」の正体に関して、「作者・漱石は、「若い女」を、宿の主人と同一次元の

「二十世紀の倫敦人」として設定しているのである」（前掲（25）酒井英行「『倫敦塔』の〈想像〉と〈空想〉――ジェーンの物語」）、「「怪しい女」はエリザベスともジェーンとも特定出来ないのである。」（硲香文「「倫敦塔」論――「怪しい女」が支える「幻想」――」「國語と國文學」平成七年四月　東京大学国語国文学会）といった論がある。

作品中で「怪しい女」とも言われる「若い女」であるが、その「怪しさ」は、伊藤健が指摘する、性的魅力に由来するものと言うよりは、先述した本文の検討から、「余」が、三羽の鴉、壁面の図といった、倫敦塔の事物を目にするのみでは、決して知りえないことを、彼女が当然のごとく知っていることに由来する、と考える方が妥当である。

さらに、「若い女」の正体に関しては、先に挙げた酒井英行、硲香文の指摘があるが、処刑の場面で「ふと其顔を見ると驚いた。眼こそ見えね、眉の形、細き面、なよやかなる頸の辺りに至迄、先刻見た女其儘である。」と、「余」が処刑される女と同一であると述べており、また処刑される女は自ら、「「わが夫ギルドフオード、ダツドレーは既に神の国に行つてか」と聞く。」と述べていることから、ジェーンと同一人物であるとするのが妥当であると考える。ただし、このジェーンは、実在する人物そのものでは決してない。（二）、（三）で述べてきたように、語り手「余」が日本で読んできた、「歴史や小説」、複数の依拠すべき典拠と身体性の変化との、「余」における突き合わせ、編集作用が生み出した存在なのである。

これまで述べてきた、ジェーンと意識されない「若い女」の出現は、「余」に意識されないままに作用する、依拠すべき典拠と「余」の移動に伴う身体性の変化との突き合わせ、編集作用が、「余」の予測しない形で顕在化したことによる現象なのである。なぜなら、「若い女」は「例の如く過去の権化と云ふべき程の屹とした口調」と、「過去」つまり歴史を、代表する存在を自らもって任じていることが強調されているが、この作品に登場する「歴史」は、「余」が日本で読んできた複数の書物に由来するものだからである。しかし、この依拠すべき典拠と身体性の変化の突き合わせ、編集作業自体が、「余」に意識されないものであるゆえに、この編集作用に関連する、その典拠となっている複数の書物が何であるかを、「余」自身が特定することは不可能なわざなのである。

次に、「余」がボーシャン塔に入る場面の検討に移ることにする。「余」は、ボーシャン塔の一階室に「其入るの瞬間に於いて」九十一種の題辞を目にする。

墓碣と云ひ、紀念碑といひ、賞牌と云ひ、綬賞と云ひ此等が存在する限りは、空しき物質に、ありし世を忍ばしむるの具となるに過ぎない。われは去る、われを伝ふるものは残ると思ふは、去るわれを傷ましむる媒介物の残る意にて、われ其物の残る意にあらざるを忘れたる人の言葉と思ふ。未来の世迄反語を伝へて泡沫の身を嘲る人のなす事と思ふ。

「墓碣」や「紀念碑」などは、壁に刻まれた題辞同様、そこに書かれ記念された本人は死に、そこに刻まれた文字を読んでいる人間は生きている。その生と死を隔てる無限の距離を明らかにするに過ぎない。この無限の距離において生の側に属するのは、文字を読む人間の方にほかならない。

越智治雄は、この場面の、壁に爪で一と書く箇所を取り上げ、

語を重ねるまでもなく、生きることは書くことだったのだ。最も確実な死を見すえながら、多分漱石もま

た一と書き、二と書こうとするのである。彼は密室の中で書くことの意味を確認している。倫敦塔訪問における発見は、この部分を措いてほかにはあるまい。(26)

と述べ、この場面を、漱石が、自分が書くことの意味を確認している箇所であるとしている。さらに『倫敦塔』に関しても、「漱石はなんと完璧に自身の文学的出発を語っていることだろう。(27)」と述べ、漱石個人における、作家的出発が語られた作品と位置づけている。この論によれば、この作品の成立および構成において、中心的役割を果たしているのは、書く行為であると言えよう。

しかし、ここに挙げられた書く行為は、直接行為されたものではなく、「余」によって、想起されたものであることに留意したい。「十四世紀の後半にエドワード三世の建立にかゝる此三層塔の一階室に入るものは其の入るの瞬間に於て、百代の遺恨を結晶したる無数の紀念を周囲の壁上に認むるであらう。」と、この場面自体が、題辞を目にすることから始められており、それを契機として「斯んなものを書く人の心の中はどの様であつたらうと想像して見る」と、初めて書く行為の想起に至っている。語り手「余」において書く行為は、自ら読む行為に従属して想起されるものに過ぎない。「余」の語りによってこの作品が展開していくことを考えると、この作品の構成において、中心的役割を果たしているのは、書く行為ではなく、むしろ読む行為なのである。

「一となり二となり線となり字となつて生きんと願つた」彼等の願いに反し、壁面に線を刻むことや書く行為は、それを書いた本人は死に、そこに刻まれた文字を読んでいる人間は生きている、その生と死を隔てる無限の距離を明らかにするに過ぎない。「余」における「倫敦塔の見物」のような、身体の移動、身体性の変化と関連づけられた、そこで依拠されるべきものとして見い出された、複数の典拠の編集こそ、生の側に属する者に特権的に許されている行為なのである。

（五）

これまで述べてきたことをもとに、結論に入ることにしたい。「余」は、倫敦塔を後にし、宿の主人に塔を見物してきたことを話す。

余は最後に美しい婦人に逢つた事と其婦人が我々の知らない事や到底読めない字句をすら〳〵読んだ事抔を不思議さうに話しだすと、主人は大に軽蔑した口調で「そりあ当り前でさあ、皆んなあすこへ行く時にや案内記を読んで出掛るんでさあ、其位の事を知つてたつて何も驚くにあたらないでせう、何頗る別嬪だつて、倫敦にや大分別嬪が居ますよ、少し気を付けないと剣呑ですぜ」と飛んだ所へ火の手が揚る。是で余の空想の後半が又打ち壊はされる。主人は二十世紀の倫敦人である。

語り手「余」にとって「倫敦塔の見物」とは、身体の移動、身体性の変化に関連づけられた、倫敦塔で目にしたものと、語り手「余」が日本で読んできた「歴史や小説」、依拠すべきものとして見い出された典拠との突き合わせ、身体を場にした「余」による編集作業であった。しかし、宿の主人は、その複数の、典拠として見いだされた書物の編集作業を、いともやすやすと案内書という単一の典拠との対応に還元する。複数の依拠すべき典拠との突き合わせが、「余」にとっての「倫敦塔の見物」という出来事の不可欠な構成要素である以上、それが捨象されることは、「余」にとって「倫敦塔の見物」という出来事自体が、他人によって不本意に歪曲されることにほかならない。宿の主人によって、「余」は苦い思いと共に、「余」にとっての「倫敦塔の見物」という出来事は、他人と共有することによって、不可避的に歪曲されることを知った。この諦観ゆえに「余」は、「夫れからは人と倫敦塔の話しをしない事に極めた。又再び見物に行かない事に極めた。」のである。

これまで「余」が語ってきた、倫敦塔見物記、つまり語り手の塔訪問の経験談はここで終了する。しかし、作品はここで閉じられるのではない。この作品には「後書き」が添えられており、その中で（一）で前述したように、作品内部において読者に典拠の存在が明示される。

其中エリザベス（エドワード四世の妃）が幽閉中の二王子に逢ひに来る場と、二王子を殺した刺客の述懐の場は沙翁の歴史劇リチヤード三世のうちにもある。（略）嘗て此劇を読んだとき、其所を大に面白く感じた事があるから、今其趣向を其儘用いて見た。

作品中の、一人の女が幽閉中の二兄弟との面会を求める場面と、二兄弟殺害の述懐の場面が、「沙翁の歴史劇リチヤード三世」に依拠していることが示される。また、

夫から断頭吏の歌をうたつて斧を磨ぐ所に就いて一言して置くが、此趣向は全く「エーンズウオース」の倫敦塔と云ふ小説から来たもので、余は之に対して些少の創意をも要求する権利はない。「エーンズウオース」には斧の刃のこぼれたのをソルスベリ伯爵夫人を斬る時の出来事の様に叙してある。

そして、歌を歌いながら、処刑に使う斧を研ぐ場面が、「「エーンズウォース」の倫敦塔と云ふ小説」に依拠していることが示され、さらに、

二王子幽閉の場と、ジエーン所刑の場に就ては有名なるドラロツシの絵画が尠からず余の想像を助けて居る事を一言して聊か感謝の意を表する。

二兄弟が大きな書物を広げている場面と、ジェーン処刑の場面が、「有名なるドラロツシの絵画」に依拠していることが示される。（三）で前述したように、作品の初めで、地図という文字や図を含む、目的地到達のために依拠すべき典拠と、現在地つまり自分の身体の位置を、目的地到達、言いかえれば典拠と身体の位置の一致を得るまで、飽くことなく典拠と身体性を突き合わせる作業が、「余」の倫敦塔訪問当時、日常的に繰り返されたことが述べられた。そして、作品最後の「後書き」において、この作品全体も、小説や戯曲、また絵画といった図を含む、複数の紙上の情報を編集することが構成原理となっている点が強調されて、作品が閉じられるのである。

ところで、この「後書き」において、「此篇は事実らしく書き流してあるが、実の所過半想像的の文字であるから、見る人は其心で読まれん事を希望する」、「何分かゝる文を草する目的で遊覧した訳ではないし、且年月が経過して居るから判然たる景色がどうしても眼の前にあらはれ悪い。」と、これまで語られてきた内容が、塔訪問という経験にはほとんど依拠しないものであると、改めて位置づけ直されていることに留意したい。

冒頭からこれまで、読み手はこの作品を、語り手の塔訪問の経験を語ったものとして、読み進めてきた。だが、「後書き」はこれまでの語りから、塔訪問という「余」の身体性を排除することを宣言する。[28] このことによって、これまで依拠してきた、語り手が塔訪問の経験を語るという枠組みは突然転倒され、語り手の塔訪問の経験という語られた内容と、身体性が介在しない複数の典拠の編集という、表現方法との乖離が暴き立てられるのである。

語られてきた表現内容と、その表現方法との乖離を作品中で公然と暴き立てることは、(二)で述べたように、小説を初めとする文学作品に対する理解やその評価基準の一つとして存在した、表現内容と表現方法の微細な乖離を、一字一句の単位で許さないといった規範意識に、正面から異義を唱えるものである。また、作品内部で明確に、場面単位で典拠が示されることは、[29] 微細な一字一句という単位に、西欧の文学作品や日本の古典の背景、あるいは引用を見出すことに見られる、記されている一字一句の選択背景に思いをはせるという当時見られた享受態度に対しても、異義を唱えるものであった。この二点は、「倫敦塔」が、発表当時の小説を始めとする文学作品の享受態度に対して、与えた影響として挙げることができるのである。

最後にこの視点から、発表当時の『倫敦塔』に対する評価を参照することにしたい。

「倫敦塔」は處々に奇警なる俳的筆致を交へて而して最も其歐文的の精緻周密を以て優り、「幻影の盾」は固より其文の精緻を具ふれども、寧ろ其沈痛幽渺の想に於いて優れるものたり、今の小説家其寫實の精細を以て誇るものは其行文多く冗漫に流れ、其神韻を尚ぶものは其落筆多く粗鬆に失するを免れざるに、氏の文は則ち精緻にして而かも含蓄あり、幽渺にして而も周匝なる所、蓋し氏が獨擅の長處なり[30]

と、冗漫に流れがちである「今の小説家」の作品と異なり、「精緻にして而かも含蓄あり、幽渺にして而も周匝なる所、蓋し氏が獨擅の長處なり」と、「倫敦塔」が、これまでの小説家に不可能であった、非常に精彩に富む小説表現を可能にした点を評価している。もう一つの評として、浩々歌客「現今小説家の文章（月旦）」[31]を挙げることにしたい。

〇次《つぎ》に詞《し》と想《さう》と相伴《あいともな》うて得《え》たるものを數《かぞ》ふれば、露伴《ろはん》、漱石《さうせき》、蘆花《ろくわ》、眉山《びざん》の五家《か》に候《さふら》はん、露伴《ろはん》の詞《し》と想《さう》と共《とも》に文《ぶん》の室《しつ》に入《い》り龕《かん》に入《い》りたるものなることは今更言《いまさらい》はずもあれ、漱石《さうせき》の「草枕《くさまくら》」の描寫《べうしや》に於《お》ける、「倫敦塔《ロンドンたふ》」の着想《ちやくさう》に於《お》ける、兩者相得《りやうしやあひえ》たるを見《み》るべく、蘆花《ろくわ》の文《ぶん》は、（以下略）[32]

ここでも同様に、漱石の作品はその特色として「詞《し》と想《さう》と相伴《あひともな》うて得《え》たる」、趣ある着想に、精彩ある表現方法が伴っているとされ、「倫敦塔」も、着想のみの作品ではなく精彩ある表現が伴っている作品と、位置づけられている。

「倫敦塔」は、場面単位で典拠を示すことによって、ほとんど倫理的要請の様相をもって、表現内容と表現方法の一致を、一字一句の単位で考える創作態度に由来する、小説表現における表現方法の閉塞性を打破し、これまでの小説が不可能であった、非常に精彩のある表現を可能にしたのである。またそのことによって、このような創作態度に端を発する、一字一句という単位で、西欧の文学作品や日本の古典の背景、あるいは引用を見出すといったように、一字一句の単位でその選択背景に思いをはせることが、とりもなおさず、作者の意図する表現内容の理解であり、それが作品の享受である、といった享受態度に対しても、その享受態度自体の有効性を問い直した作品なのである。

注

(1) 景山直治「倫敦塔と神曲」(「解釈」昭和三十六年三月 解釈学会)。論者の氏名が、表紙では「影山」と表記されている。
(2) 前掲注(1)
(3) 大村喜吉「「倫敦塔」の構成」(「ATHENAEUM」昭和三十八年六月 アシニーアム・ソサイェティ)
(4) 前掲注(3)
(5) 堤稔子「『倫敦塔』考―文学と歴史の接点―」(「紀要」昭和四十一年三月 桜美林短期大学)
(6) 後に、野谷士によって「漱石はサー・ウォルター・ローリが『万国史』を書いた場所を白塔と記しているが、これは、二人の王子が殺されたのと同じ場所、血塔である。また、白塔で、よほどの大男でないと着られない甲冑(かっちゅう)を見て、「慥(たし)かヘンリー六世の着用したものと覚えて居る」と、甲冑の主のことを記しているが、これはヘンリー八世である。」(「漱石の「倫敦塔」と史実」「朝日新聞」昭和五十三年一月四日夕刊)と、「倫敦塔」の記述と史実との二箇所の相違が指摘されている。
(7) 越智治雄「倫敦塔再訪」(「文学」昭和四十八年四月 岩波書店)
(8) 前掲注(7)
(9) 前掲注(7)
(10) 塚本利明「「倫敦塔」の背景」(「比較文学」昭和五十二年十二月 日本比較文学会)。なお、同じ著者の「倫敦塔」に触れた単行本として、『漱石と英国 留学体験と創作との間』(昭和六十二年九月、増補版平成十一年三月 彩流社)、『漱石と英文学「漾虚集」の比較文学的研究』(平成十一年三月 彩流社)がある。
(11) 前掲注(10)
(12) 前掲注(10)

（13）松村昌家「『倫敦塔』とドラローシュの絵画」（「神戸女学院大学論集」昭和五十二年十二月　神戸女学院大学研究所）
（14）中川浩一「「ベデカ」と『倫敦塔』」（「ちくま」昭和六十二年二月　筑摩書房）
（15）稲垣瑞穂「「倫敦塔」の文章について」（「日本文化研究」平成二年三月　静岡県立大学短期大学部日本文化学会）
（16）「後書き」に関して、初出「帝國文學」明治三十八年一月と、単行本『漾虚集』明治三十九年五月とを照合したが、二箇所の句読点、ハイフンが一箇所、初出と単行本で異なる点、また、初出最後にある（三十七年十二月二十日）の日付がない、という点を除いては、目立った異同はない。この程度の異同は、本文享受に影響はないと考える。
（17）後の詳細な研究が示すように、全ての典拠が「後書き」で示されている訳ではないが、典拠が存在すること自体を「後書き」が示し、強調しているのである。
（18）伊原青々園「故齋藤緑雨君（談話）」（「明星」明治三十七年五月　東京新詩社）
（19）馬場孤蝶「故齋藤緑雨君（談話）」（「明星」明治三十七年五月　東京新詩社）
（20）柳川春葉「故紅葉山人逸話」（「明星」明治三十七年十一月　東京新詩社）
（21）前掲注（20）
（22）「讀賣新聞」明治三十八年一月二十日。なお、漱石の作風については、「夏目先生《なつめせんせい》ハ全《まつた》くこれに反《はん》し、平凡《へいぼん》の事實《じゞつ》を平凡《へいぼん》に飾《かざ》り氣《け》なく寫《う》つすを喜《よろこ》び、「鳥栖巣《とぐらす》だちし兄鷹《せう》のごと」などの廻《まわ》りくどい語《ご》ハ大嫌《だいきら》ひにで、其《そ》のホト、ギス誌上《しぢやう》の文章《ぶんしやう》を見《み》れば、さながら無學者《むがくしや》の筆《ふで》に成《な》りし如《ごと》く、時《とき》に冷々淡々《れいれいたん〳〵》白湯《さゆ》を呑《の》む如《ごと》きことあるも、決《けつ》して理《り》屈《くつ》や、ぎやう〳〵しい引例《いんれい》はない。」と、述べている。
（23）坂崎乙郎「『倫敦塔』について」（「國文學　解釈と教材の研究」昭和四十五年四月　學燈社）では、「『倫敦塔』のこの冒頭の一句はたしかに書き出しとしてさり気なく見事である。けれども、当の一節は人生におけるあらゆる出会いの貴重さを、その一回性を暗示してはいないだろうか。」と、この冒頭を、人生における出会いの貴重さの象徴として位置づけている。
（24）塚本利明は「ロンドンの地下鉄―漱石のロンドン塔訪問に触れつつ―」（「専修英米研究」昭和五十九年三月　専

修英語英米文学会)、後『漱石と英国 留学体験と創作との間』(昭和六十二年九月、増補版平成十一年三月 彩流社)に収録。には、この箇所に関して、「1900年当時のロンドンの交通事情からみて、この「汽車」が地下鉄環状線(その支線を含む)を指していると考えねば、この1節がそもそも意味をなさないのである。つまり、当時は地下鉄にも乗れなかった、と言っているのだ。／ それでは、この言葉は「事実」なのだろうか。地下鉄ばかりでなく、はじめての外国生活が漱石に極度の心理的緊張を強いたことはむろん否定できない。とはいえ、漱石がロンドン到着後2週間ほどで地下鉄の便利さを悟り、2ヶ月あまりで、ある程度地下鉄を基準としたロンドン地図を頭に描いていたことは、先に述べた通りである。」と、漱石自身は、作品の記述とは異なり、ロンドン到着後の早い時期から地下鉄を利用していた、と述べている。

(25) 酒井英行「『倫敦塔』の〈想像〉と〈空想〉—ジェーンの物語」(「國文學 解釈と教材の研究」平成六年一月 學燈社)

(26) 越智治雄「漱石の初期短篇—『漾虚集』一面—」(「國文學 解釈と教材の研究」昭和四十五年四月 學燈社)

(27) 前掲注(26)

(28) これはあくまで作品内における、読み手が準拠すべき枠組みに関してのことであり、夏目漱石が、明治三十三年十月三十一日に、実際に倫敦塔を訪れている(『漱石全集 第十九巻』平成七年十一月 岩波書店 等参照)ことを否定するものではない。

(29) 塚本利明は「例えば『漾虚集』の冒頭を飾る「倫敦塔」は、漱石の「英国留学中の思い出を素材として小説化し」たものとして扱われることが多い。しかしこの作品をくわしく分析してみると、作品の枠組ですら重要な部分はフィクションであり、このフィクションの素材となっているのは普通の意味での「思い出」ではなくて、漱石の広汎な読書体験であることが分かる。」(前掲『漱石と英文学——『漾虚集』の比較文学的研究』p. 542)と述べている。しかし、同時代的な視点からの、作品中で典拠が示されること自体が、文学作品に対する理解や、その評価基準に与えた影響には言及していない。

(30) 「霹靂鞭 作家ならざる二小説家」(「天鼓」明治三十八年五月 北上屋書店)

(31) 「文章世界」明治三十九年十一月 博文館。なお、目次では「角田浩々」となっている。

二　「一夜」
――〈場〉の共有を視点として――

（一）

「一夜」は、明治三十八年九月「中央公論」に掲載された。後、明治三十九年五月、短編集『漾虚集』（服部書店・大倉書店刊）に収められた作品である。

本作品の結末部分に、「三人は如何なる身分と素性と性格を有する？　それも分らぬ。三人の言語動作を通じて一貫した事件が発展せぬ？　人生を書いたので小説をかいたのでないから仕方がない。」と述べられている。これに対して、内田道雄が「だが、管見によればこの作品に描かれた三人の男女の性格はそれぞれ明確であり、三人の言語動作は各人物相互の関係を相当に鋭く際だたせるし、一貫したプロットも又従ってここに読みとることができる。」(1)と、三人の男女の性格や関係、プロットを作品内部から読みとることの可能性を示したことを受けて、「一夜」は、作品中の会話をもとに、三人の登場人物、「丸顔の人」「髯ある人」「女」の、人物造形を解明する観点から主に論じられてきた。

内田道雄は、三人の人物造形に関して「美的観照家（髯ある人）、俗人（髯なき丸顔の男）、恋を求めて得られぬ情熱の女（涼しき眼の女）として性格化されており、それぞれ漱石流の人生に於ける芸術・俗心・恋愛の意義を寓された存在と見られるだろう。[2][3]」と述べている。また安良岡るりは、髯ある人と女は、「女は自分の居るある状況を離れたい、男は女にとどまってもらいたい。それを二人はこのような言葉で語り、彼らがその言葉で互いに理解し得る範囲で通じ合っているのである。[4]」と、互いに理解し合い通じ合う関係であるのに対し、丸顔の人は「理解されることを拒むという、他に対して持つひとつの性格において、自己自身に向かうことと共通点を持っている。」と、他の二人における、理解や通じ合いといった関係から、孤立していることを指摘する。[5]

丸顔の人を俗人とする内田道雄に対して、三好行雄は、丸顔の人を「東洋的悟達といえば大袈裟すぎるが、すくなくとも夢を見ることに妄執はしない。[6]」と、禅に通じた、ある種の悟りを得た人物と捉える。また、「夢を描くことに苦吟し、画中の女を活かす手だてを説くこの男は、明らかに、白地の浴衣に朱塗の団扇を手にした女への関心、ほとんど愛といいかえてもよい関心をすこしも隠さない。」と髯ある人が女への恋愛感情を抱いているとしている。女に関しては「恋愛の情熱を渇望する女性というより、むしろ、現世にうつろうことを断念した女に近い[7]」と、恋愛のみならず現世への断念を見ている。

加藤二郎は、丸顔の人を「「自然」に就くという方向に現実からの超出を志向する人間[8]」としている。丸顔の人に、と登場人物一人のみに限定しているが、「「自然」に就く」といった、自然にとけ込むことへの志向を見出しているのは、示唆に富む見解であろう。

「一夜」において、「五月雨」、「蜘蛛」や「蟻」といった自然や生物は、単なる背景にとどまる存在ではない。「蟻」を例に挙げるならば、

「八畳の座敷があつて、三人の客が坐はる。一人の女の膝へ一疋の蟻が上る。一疋の蟻が上つた美人の手は……」

「白い、蟻は黒い」と髯がつける。三人が斉しく笑ふ。

と、登場人物同士のみならず蟻をも含めた一連の関係性が成立している。このように、「一夜」において自然や生物は、登場人物達と密接に連関し一体となって作品世界を構成しているのである。「一夜」におけるこの構成上の特徴は、作品内容を考える上で手がかりとなるであろう。

一方、「一夜」は、剣菱「藝苑時評」において「中央公論《ちうあうこうろん》」の夏目漱石《なつめそうせき》氏の「一夜《や》」一讀《どく》して何《なん》の事《こと》か分《わか》らず。[9]」と評されたことに見られるように、発表当時、難解な、「分からない」作品とされていた。[10]しかし同時代評を詳しく検討してみると、この難解さ、「分からない」ことが、作品の鑑賞、享受そのものの不可能、あるいは非常な困難さを意味しているのではないことに気が付く。その例として、同じく「一夜」発表当時の評である、沙上行人「ふじをの君に[11]」を挙げることにしたい。

○同じく『中央公論』に出でたる夏目漱石氏の『一夜』といへる散文を讀み申し候。之を小説と云はむも美文と云はむも小生の勝手に候へども、何と申しても作者の意には、充たざるべければ、態とひろく散文と申し置くに御座候。之も讀者が作者の操《あやつ》る奇しき糸に誘はれて、瞬時或る幻境に彷徨《さまよ》ふを得ば則ち作者の本意なるべく候。若し作者をして之を人生に結び附け、之を以て人生の批評なりとせらるゝに於ては、小生は未だ俄に首肯し難きもの有の候。要するに此の種の作物は大いに讃めらるゝか、大いに貶さるゝかの二つにて、批評せらるべきものにはあらじと存じ候。[12]

この評において、「之も讀者が作者の操《あやつ》る奇しき糸に誘はれて、瞬時或る幻境に彷徨《さまよ》ふを得」と、評者は作品内容に共感を示し、評者以外の「一夜」の読者が作品世界を鑑賞し、享受できることに対しても、何の疑問もさしはさんでいない。しかし、奇妙なことに、評者は作品内容に共感を示しているのにもかかわらず、「批評せらるべきものにはあらじと存じ候。」と、「一夜」に対して何らかの評価を下すこと自体を放棄しているのである。このことの背景には、当時における、小説あるいは文章に対する評価におけるその前提自体に、読者による「一夜」の鑑賞、享受の内容、すなわち作品内容を捉えきれない要因が存在することが考えられる。その結果「一夜」に対して、優劣どちらにしろ一定の評価を下すことが不可能となり、それが「分からない」との評につながったと考えられる。

本論では、「一夜」に対して「分からない」ということが、個人の小説理解能力の不足や、作品の質的な拙劣に還元されることなく、なぜ、同時代において共有される見解となったのか。また、そのことが、どのように「一夜」を小説に対する実験として立ち上げていくことにつながっていくのかを、作品内容の考察を踏まえつつ論じることにしたい。[13]

（二）

「帝國文學」明治三十六年十月号に、懸賞小説募集広告が掲載された。これによると、「一、當選者三名に左記の薄謝を呈すべし。第一等　金五十圓、第二等　金三十圓、第三等　金二十圓」「一、應募者には何等の制限なし」とあり、「帝國文學」購読者に限らず、広く一般に向けて募集されたものであった。この募集は、明治三十七年一月三十一日に締め切られ、明治三十七年五月発行「帝國文學」臨時増刊第一に入選作が掲載された(14)。

大町桂月は、これを受け「太陽」明治三十七年六月号で次のように述べている。

帝國文學は、十年一日の如く、俗受の外に卓立して、躰裁、欄のわかち方まで舊に依れり。委員の變動につれて、盛衰はありしかど、近年はまた活氣を帯び來りて、今に文壇の重鎭たるは、うたゝ人の心をして強からしむ。講談會や懸賞小説や、もと珍らしきとにはあらず。されど、帝國文學にとりては、空前の活動也(15)。

「文壇の重鎭」である帝國文學が、公に、新たな才能を発掘し紹介する点で文壇に寄与する活動と懸賞小説募集を認めた点が「空前の活動」なのである。さらに、大町桂月は同じ「太陽」明治三十七年六月号で、懸賞小説募集に関して次のように述べている。

余輩は、無名の文士を紹介する一の方法として、懸賞を歡迎するもの也。されど、小雑誌の小懸賞は、徒に虚名を好む少年の小野心を満足せしむるに止まりて、後進紹介とはならざるべし。名家も報酬の點に於て、好んで募に應ずるだけに優待してこそ、はじめて後進紹介の實あがるべけれ(16)。

新たな才能を発掘し文壇に紹介する手段として、懸賞小説募集を「帝國文學」が公に認めたことを受け、無名の「文士」が世に出る有力な手段の一つとして、懸賞小説を位置づけている。またこの時期、「毎日新聞」「萬朝報」[17]に見られるように、日露戦争に関する小説を新聞が募集したこととも相まって、懸賞小説の募集は広まりを見せた。

このような懸賞小説募集の広まりと、それに関連した、小説を含めた文章を書くことへの関心の高まりを背景に、明治三十九年三月「文章世界」が創刊された。毎号広く、書簡文、短篇小説、和歌、新体詩など、さまざまなジャンルにわたる懸賞文を募集し、優秀な作は選者の評とともに掲載されることを最たる特色とした雑誌である。この雑誌を手がかりに、「一夜」が発表された時期における、小説あるいは文章に対する評価の前提の問題を考えることにしたい。

試みに、明治三十九年四月発行第一巻第二号の目次を参照すると「各學校の作文教授法／▲東京高等師範學校▲日本女子大學校」「書翰文の要訣（二）…神戸高等商業學校教授　中川靜」とあり、作文教育的性格を持つ雑誌ではある。しかし、「讀者通信」に寄せられた読者の声には、「いま一つ願ひたいのは毎號當選なる、青年文士の肖像を掲げて貰ひ度い、其事に就ては、僕等の如き者が喋々する迄もなく、すでに諸文壇雑誌の巻首に飾られあるので知られるだらう。[18]」とある。毎号入選し掲載される人物を「青年文士」と呼んでいるように、読者の側は、作文教育を越えて「文章世界」を文壇への登竜門、あるいは文壇の一部と捉えているのである。このような読者にとって、「文章世界」を購読し、自らの作品を投稿することは、文士になるための修業としての真剣な取り組みなのである。

「文章世界」には、文章の専門家の説く文章上達法として、読書がしばしば奨励されている。

で、私《わたし》は文章《ぶんしやう》を學《まな》ぶ人に、第《だい》一に讀書《とくしよ》を勸《すゝ》める。第《だい》二に書籍《しよせき》及《およ》び事實《じじつ》に就《つ》いて解剖《かいばう》する習慣《しふくわん》をつけることを勸《すゝ》める。そして第《だい》三に其《その》の解剖《かいばう》したものを更《さら》に深《ふか》く考慮《かうりよ》することを勸《すゝ》める。[19]

「書くために読む」、読むことは書くことに従属するものとして捉えられている。ここには、読むことは「書籍」、文章を「解剖」することである。つまり、常に文章を書く観点から、登場人物の設定、文体といった文章を構成する個別の要素に還元することが文章を理解することと同義とする思考が見られる。文章に関心を持ち、自らの文章の上達を望む者は、この思考を自らのものとすることを要請されたのである。

また、良い文章として評される文章を書くには、人格の修養が必要とされた。

> 苟《いやし》くも文章《ぶんしやう》に志《こゝろざし》あるものは、否《いな》文章《ぶんしやう》のみならず、文學藝術《ぶんがくげいじゆつ》に遊《あそ》ぶものは、人格《じんかく》の修養《しうやう》が必要《ひつえう》である。人《じん》格《かく》が惡《わる》ければ、あいつの作《さく》だからと、善《よ》くも見《み》ずに毛嫌《けぎら》ひされ、排斥《はいせき》され、眞價《しんか》を認《みと》められないやうな場《ばあ》合《ひ》が多《おほ》い。[20]

人格の修養が必要とされた背景には、文章は作者の人格の現れであり、またそうであるべきであるとの考えが存在する。その典型的な例を次に挙げることにする。

> 忠臣《ちうしん》を主人公《しゆじんこう》にした戯曲《ぎゝよく》は、その作者《さくしや》が奸物《しれもの》であつても、價値《かち》を損《そん》ぜない、といふ議論《ぎろん》や、或《あるひ》は實感《じつかん》から

出《いで》て、箇人的傾向《こじんてきけいかう》を持《も》つたものは淺薄狹隘《せんはくけふあい》であるといふ風《ふう》の主張《しゆちやう》が、よしや明白《めいはく》でなくとも、幼稚《えうち》な頭腦《づなう》に影響《えいきやう》して、文《ぶん》といふものはすべて、空想《くうさう》から生《しやう》ずべきものであるとか、さうまでゝなくとも、實際《じつさい》の所《しよ》信所感《しんしよかん》に反《はん》したものでも、立派《りつぱ》な文《ぶん》となり得《う》るものであるといふ風《ふう》の考《かんがへ》を起《おこ》すに至《いた》らしめたのは、蔽《おほ》ふべからざる事實《じじつ》である。(21)

文章自体は、作者の実感を伴わない文章を批判する内容であるが、この批判の背景に、忠臣を主人公にした戯曲を作る作者は主人公同様忠臣であるべきであるといった、主人公、登場人物の属性イコール作者の人格であるべきである、との価値観を明確に読み取ることができる。このことを逆に言えば、登場人物の属性は作者の人格と同じなのであるから、登場人物の属性を知ることによって、文章の本質である作者の人格を知ることができる、ということになろう。

「文章世界」は、多くの読者から早く増刊号を出してほしい、との希望が寄せられ、好評をもって迎えられた。また、前に述べたように、作文教育的性格を持つ雑誌でもあることから、その影響力は年少者にも及ぶ、広いものであったと考えられるのである。(22)

（三）

これまでに述べたことを踏まえつつ、「一夜」の具体的な作品内容の検討に入ることにしたい。

作品冒頭において、「「美くしき多くの人の、美くしき多くの夢を……」と髯ある人が二たび三たび微吟して、あとは思案の体である。」と、「髯ある人」が夢を材に句を吟じようとしている場面が、すでに成立した状況として与えられる。さらに「髯ある人」が、どのような社会的な位置づけや身分、素性を持つ人物かが明らかにされることはなく、彼が夢を吟じるに至った由来や、その根拠も、読者に決して示されることはない。他の二人に関しても同様である。そのことによって読者は、その由来や根拠を求めるために、作品現在から過去へさかのぼることを禁じられる。読者は登場人物達と共に、所与の状況である作品現在にとどまることを余儀なくされるのである。

さらに、髯ある人が句を吟じようとした夢の話題が、話題に関して自明のこととして、「丸顔の人」と「女」の二人の登場人物との間で、それぞれ自らの感性に基づいて自由に理解され共有されていることが述べられる。

「美くしき多くの人の、美しき多くの夢を……」と膝抱く男が再び吟じ出すあとにつけて「縫ひにやとらん。縫ひとらば誰に贈らん。贈らん誰に」と女は態とらしからぬ様ながら一寸笑ふ。やがて朱塗の団扇の柄にて、乱れかゝる頬の黒髪をうるさしと許り払へば、柄の先につけたる紫のふさが波を打つて、緑り濃き香油の薫りの中に躍り入る。

「我に贈れ」と髯なき人が、すぐ言ひ添へて又から〳〵と笑ふ。

この三人の関係は、作品内の所与の事実として成立しているものとして示される。その根拠、由来を問うことも、また読者には禁じられる。これは登場人物の性格を作品内部から読みとることを禁じることではなく、また、それを何ら妨げることでもない。（一）で詳細に検討したように、登場人物それぞれの性格を、会話を通して、作品内部から読みとることは十分可能なことではある。

それよりはむしろ、社会的な位置づけや身分、素性が、人物形象や作品世界から、意図的に排除されていることに着目すべきであろう。人物における社会的な位置づけや身分、素性が不明であるにもかかわらず、三人の関係が所与のものとして成立していることを示すことによって、人間の社会的な位置づけや身分、素性は、互いの関係性の成立を何ら規定するものではないことを、逆説的に明らかにしているのである。

一方、江藤淳は、女について「いうまでもなくこの「女」は、名前のある人格ではなくて、人格以前の——あるいは人格の既に溶解している——始源的な存在を暗示するのである。」(23)と述べ、さらに「登場人物たちは、単にこの超時間的な世界の表層に投じられた影のようなものとして位置づけられているに過ぎないのである。」(24)と、この作品の登場人物たちは、ある象徴的な存在であり、現実を生きている存在ではないと評している。

しかし、「一夜」の作品世界において、「折から烈しき戸鈴の響がして何者か門口をあける。話し手はぱたと話をやめる。残るはちよと居ずまひを直す。」と、隣の家の気配が、三人の登場人物と三人がいる八畳の間の状況に影響を与えていることに示されるように、三人の登場人物とその外部の現実との関連が確保されていることが繰り返し述べられている。このことを考慮に入れるならば、「一夜」の登場人物は、江藤淳が述べるような非現実的な存在ではなく、外部の現実と関連を持って存在している、つまり現実を生きる存在であると考える方が妥当であるし、また、このことに留意する必要がある。

丸顔の人は、ふと、夢の話から離れ、自分の脚気を気にしつつ縁の外に目を遣る。

此時「脚気かな、脚気かな」と頻りにわが足を玩べる人、急に膝頭をうつ手を挙げて、叱と二人を制する。三人の声が一度に途切れる間をク、ーと鋭き鳥が、檜の上枝を掠めて裏の禅寺の方へ抜ける。ク、ー。

丸顔の人は、脚気といった自分の身体のことを気にしてはいるが、完全に自分の世界に入っているわけではない。鳥の声に関心を示すように後の二人を促していることに見られるように、他の二人に対する関心は依然として持っている。また、他の二人も丸顔の人の促しに応えて、「鳥」（ほととぎす）を見ていることに示されるように、この時点では話題は共有されていないにもかかわらず、三人の関係性は依然としてゆるやかに成立している。話題の共有さえも、三人の関係性を規定し拘束する要因ではないのである。このことは、次に挙げる箇所にさらに明確に見ることができる。

「茶毘だ、茶毘だ」と丸顔の男は急に焼場の光景を思ひ出す。「蚊の世界も楽ぢやなかろ」と女は人間を蚊に比較する。元へ戻りかけた話しも蚊遣火と共に吹き散らされて仕舞ふた。話しかけた男は別に語りつゞけ様ともせぬ。世の中は凡て是だと疾うから知つて居る。

二人が自分勝手に話を進めてしまい、その結果、自分の話を続けることが不可能になってしまったが、髯ある人はそれを非難しない。なぜなら、彼は「世の中は凡て是だと疾うから知つて居る」と、適切な応答といった表層の現象の成否にこだわるのは誤りであり、思い思いの感性の発露を許す共感と理解が、三人の間に存在することの方に、価値があるとすでに理解しているからである。ここには、他の二人に対する共感と理解に基づいた、思い思いの感性の自然な発露を許すくつろいだ人間関係が表現されている。そのくつろいだ人間関係は、作品現在を共有する読者とも共有されているのである。

（四）

「夢の話しは又延びる」と、途切れがちな夢の話の合間から、三人は周囲のたたずまいに関心を向けていく。

宣徳の香炉に紫檀の蓋があつて、紫檀の蓋の真中には猿を彫んだ青玉のつまみ手がついて居る。女の手が此蓋にかゝつたとき「あら蜘蛛が」と云ふて長い袖が横に靡く、二人の男は共に床の方を見る。香炉に隣る白磁の瓶には蓮の花がさしてある。昨日の雨を蓑着て剪りし人の情けを床に眺むる莟は一輪、巻葉は二つ。其葉を去る三寸許りの上に、天井から白金の糸を長く引いて一匹の蜘蛛が――頗る雅だ。

女の「あら蜘蛛が」という声に促され、その蜘蛛を確認しようと、二人の男が共に床の方を見る。くつろいだ三人の関係性に、蜘蛛といった外部の要素が新たに織り込まれていく。蜘蛛のみにとどまらず、白磁の瓶や蓮の花といった周りの物や植物をも、三人の関係性に織り込まれ、一体感を形成していく。

（三）で述べた、くつろいだ人間関係は、人間間の関係性を越えて、さらに、周りのたたずまいと一体になった関係性である〈場〉を形成していくのである。語り手は、その〈場〉が「頗る雅だ。」と、積極的に「心地よい」ものであるとの見解を述べる。登場人物は蜘蛛や蓮とも「心地よい」連関を共有し、さらには、「宣徳の香炉」「香炉に隣る白磁の瓶」といった趣向を凝らした調度品を一緒に見ることに模して、読者とも、「心地よい」

〈場〉を共有することが志向されている。

また、夢の話が進もうとすると、蚊や蜘蛛、蟻、戸鈴の響きといった、生物や外からの音によって、中断、繰り延べが繰り返されることによって、登場人物が、話を聞くといった、人間同士に限定された関係性を越え、周りのたたずまいにその都度関心を向けることで、周りのたたずまいと登場人物が一体となった、より豊かな関係性である〈場〉の存在を繰り返し確認しているのである。[25]

夢の話自体も、次第に、周りの生物や物と関係を形成する方向に展開していく。

「夢の話しを蜘蛛もきゝに来たのだろ」と丸い男が笑ふと、「さうぢや夢に画を活かす話しぢや。きゝたくば蜘蛛も聞け」と膝の上なる詩集を読む気もなしに開く。眼は文字の上に落れども瞳裏に映ずるは詩の国の事か、夢の国の事か。

「わしは歌麻呂のかいた美人を認識したが、なんと画を活かす工夫はなかろか」と、きわめて個人的な、内面の認識に端を発した「夢に画を活かす話し」は、「蜘蛛もきゝに来たのだろ」との丸顔の人の言葉によって、丸顔の人や女といった登場人物間で共有されるにとどまらず、登場人物の周りに存在する蜘蛛とも聞かれ共有されるものと位置づけられる夢の話も〈場〉の関係性の中に織り込まれる。内面の認識である「画」は、夢の話を経て、周りのたたずまいとの関係性に織り込まれた存在と化すのである。この関係性は、作品の終盤でさらなる展開を見せる。

五月雨に四尺伸びたる女竹の、手水鉢の上に蔽ひ重なりて、余れる一二本は高く軒に逼れば、風誘ふたびに戸袋をすつて椽の上にもはら〳〵と所択ばず緑りを滴らす。「あすこに画がある」と葉巻の烟をぷつとそなたへ吹きやる。

周りのたたずまいとの関係性の中に織り込まれた内面の認識であった「画」を、逆に、周りのたたずまいと自らの連関の中に、内面の認識である「画」を見出すに至るのである。

現在共有している〈場〉そのものが、今、この場所で、この人達と、とでしかありえない「はかない」ものなのである。そして、共有されているときには、あたかもその共有が永遠に続くかのように思え、特にその価値について改めて思いを致すことはない。しかし、一度失われてしまえば、二度と同じ形で共有することは不可能となる。

〈場〉の共有と、そこからもたらされる「心地よさ」は、その〈場〉が失われたことを自覚することにより、初めてそのかけがえのなさ、貴重さを実感するのである。だが、たいていの〈場〉の共有とそこからもたらされる「心地よさ」は、その失われた自覚すらもなく、忘却の彼方へと消え去っていく運命をたどるのである。

「三人は思ひ〳〵に臥床に入る。」と、登場人物が床に入ることにより、中途で流れた夢の話同様、これまで共有されていた〈場〉は失われた。

三十分の後彼等は美くしき多くの人の……と云ふ句も忘れた。ク、ーと云ふ声も忘れた。蜜を含んで針を吹く隣りの合奏も忘れた、蟻の灰吹を攀ぢ上つた事も、蓮の葉に下りた蜘蛛の事も忘れた。彼等は漸く太平に入る。
凡てを忘れ尽くしたる後女はわがうつくしき眼と、うつくしき髪も主である事を忘れた。一人の男は髯のある事を忘れた。他の一人は髯のない事を忘れた。彼等は益々太平である。

さらに、登場人物三人すべてが、これまで共有していた〈場〉に関する記憶を一切失ってしまうことによって、登場人物自身には、〈場〉の共有と、その共有された〈場〉のかけがえのなさ、貴重さを実感する回路は永久に閉ざされるのである。

（五）

一転して語り手は、これまで登場人物と〈場〉を共有し、唯一その記憶を有する存在となった読者に、直接語りかける。

八畳の座敷に髯のある人と、髯のない人と、涼しき眼の女が会して、斯の如く一夜を過した。彼等の一夜を描いたのは彼等の生涯を描いたのである。

〈場〉を共有した記憶を持つ読者は、共有された〈場〉のかけがえのなさ、貴重さを実感することのできる唯一の存在である。その読者に向かって、語り手は〈場〉の共有がもたらす、その一回性の「はかない」「心地よさ」こそが、人生に彩りや意味を与えるものであることを強調する。意味を与えるものが明らかになることは、人生そのものをその意味の下に全体を把握することを可能にする。ゆえに、「彼等の一夜」を描くことが、同時に「彼等の生涯」を描くことを意味するのである。

何故三人が落ち合つた？ それは知らぬ。三人は如何なる身分と素性と性格を有する？ それも分らぬ。三人の言語動作を通じて一貫した事件が発展せぬ？ 人生を書いたので小説をかいたのでないから仕方がない。なぜ三人とも一時に寐た？ 三人とも一時に眠くなつたからである。

作品の結末で語り手は、念を押すかのように、関係性である〈場〉の共有が決して、その〈場〉の共有を構成している、個人の属性、社会的な位置づけや身分、素性、あるいはその〈場〉の共有がもたらす、何らかの結果や利益に還元されるものでないことを、読者に確認するのである。

〈場〉の共有がもたらす「心地よさ」、〈場〉の共有そのものが、今、この場所で、この人達と、でしかありえない。実体ではない関係性であるために、その「心地よさ」も一瞬のものであるが、その「はかなさ」は、決してその「心地よさ」の価値を減ずるものではなく、むしろ、この〈場〉の共有がもたらす「はかない」「心地よさ」こそが、人生を意味あるものにしているということが、「一夜」のテーマである。

この「一夜」のテーマを理解するには「書くために読む」、読むことを書くための手段として従属させる態度、〈場〉を人物の属性といった、個別の要素に還元する態度は、効を奏しない。

読者が、「一夜」という〈場〉を共有する、つまり「一夜」のテーマを理解するための唯一の手段は、読者自らが、読むことそのものによって「一夜」に描かれた〈場〉を共有する以外にはないのである。（二）で取り上げた「文章世界」に寄せられた、一読者の「一夜」に関する質問に対して、次のように述べているのは示唆的である。

問　夏目《なつめ》漱石氏《そうせきし》の一夜《や》は如何《いか》なる事《こと》を意味《いみ》せるや。再讀《さいどく》して意《い》を解《かい》せず。御高教《ごかうけう》を煩《わづら》はしたし。
答　讀書百遍義自から通《つう》ずと云《い》はずや。なほ數回讀《よ》んで見給《みたま》へ、はツと首肯くであらう。小島鳥水氏は、「一夜《や》」は漱石を詩人《しじん》にす、三人三様の面目《めんもく》、三千様の思想《しさう》といふた。幾らか参考《さんかう》になるでせう。(26)

質問者は、回答者に対して「文章世界」の示す規範に即した、つまり、登場人物の設定、文体といった文章を構成する個別の要素に還元することによる、あるいは、登場人物の属性を知ることによって、文章の本質である作者の人格を知ることによる、「一夜」の理解の方法を求めているのにもかかわらず、回答者は読んで〈場〉を共有する以外の理解の方法を示しえていない。読むことを書くための手段として従属させる態度、〈場〉を人物の属性といった、個別の要素に還元することによる文章理解、あるいは小説理解の態度の限界を、暗に示してしまっているのである。

「一夜」を「分からない」とすることが、個人の小説理解能力の不足や、作品の質的な拙劣に還元されることなく、同時代において、広く共有される見解に至ったことの背景には、「一夜」を理解するにあたっては効を奏しない、「書くために読む」、読むことを書くための手段として従属させる態度の広がりという土壌があったのである。そのような文章理解、小説理解の態度が、「一夜」を理解する上で効を奏しないことを明らかにしたことが、「一夜」を、小説に対する実験、あるいは小説概念に挑んだ作品として、立ち上げることとなったのである。

注

(1) 内田道雄「「一夜」釈義」(「古典と現代」昭和四十一年九月 古典と現代の会)
(2) 前掲注(1)
(3) 内田道雄より以前には、岩上順一が「丸顔の人」を「功利家、現実家、現実主義芸術家」、「髯ある人」を「ロマンチックな詩人であり、芸術家、空想家」、「女」を「情熱と恋愛の実際行動に心をうばわれている女」と三人の人物形象に触れ、それぞれの人物を「功利主義的現実主義と心霊的超越主義と情熱的実行主義」という「漱石が社会および人間にそなわると考えた三つの傾向あるいは要求をそれぞれに代表」していると捉えている(岩上順一『漱石入門』昭和三十四年十一月 中央公論社 pp. 21 ~ 25)
(4) 安良岡るり「「一夜」試論」(「國文學 解釈と教材の研究」昭和四十六年七月 學燈社)
(5) 前掲注(4)
(6) 三好行雄「人生と夢―「一夜」私論」(「國文學 解釈と教材の研究」昭和五十一年十一月 學燈社)
(7) 前掲注(6)
(8) 加藤二郎「漱石の「一夜」について」(「文学」昭和六十一年七月 岩波書店)
(9) 「讀賣新聞」明治三十八年九月七日
(10) 「片々録」(「早稲田學報」明治三十八年十月)においても、「近刊の「中央公論」にある夏目漱石の短篇「一夜」読んで何のことやら更に分らず。」と述べられている。
(11) 「明星」明治三十八年九月 東京新詩社
(12) 前掲注(11) 沙上行人「ふじをの君に」
(13) 従来、「一夜」の実験小説としての側面は、「殊に彼(引用者注:夏目漱石)が最も早く人生への実存的危機感を意識して書き記した「人生」(明29)なる短文の示す、いわば不可能にして纔かに可能な人生認識手段としての

「小説」のイメージは、明らかに『猫』よりも『漾虚集』の上にこそ結像すると確信することができるのである。」（前掲　内田道雄「「一夜」釈義」）、「実のところ『漾虚集』は「文学論」「文学評論」と密接な関係を持っている。ことに、その表現法・修辞法の研究・批評と結合していて、『漾虚集』全篇はこのような原理究明の結果を踏まえた応用実験の場になっている。」（相原和邦「『漾虚集』の性格」（「日本文学」昭和四十七年六月　日本文学協会編集　未来社刊））、「「一夜」末尾に於ける「反小説」的な言い方とは、臆測するなら、真に現実の「人生」に即した小説（文学）の作者たるべき模索を方法的に秘めた作品、小説により「人生」を切り取るのではなく、「人生」の現実が要請する小説への歩み、そういう意味での「人生」の探求を試みた「小説」ならざる小説、それが「一夜」という作品の基本的性格ではなかったかと言うことである。」（前掲注（8））といった、作者漱石の意図の面から論じられてきた。本論では、それとは逆の立場である、当時における「一夜」を評する側に存在する問題から、いわゆる実験小説としての面を考察することにしたい。

（14）　これによると入選作は、一等が、海賀變哲「心づくし」、二等が新井靈泉「星の世の戀」、三等が吉田荻洲「薄命」であった。これらの入選作を、大町桂月は「今回、懸賞の選に入りし小説、三篇あり。いづれも駄作なり。」（大町桂月「文藝時評　帝國文學の懸賞小説」（「太陽」明治三十七年六月　博文館））と辛辣に評している。

（15）　前掲注（14）

（16）　前掲注（14）

（17）　「毎日新聞」（現在の「毎日新聞」とは異なる）明治三十七年二月十四日付に「短篇小説《せうせつ》懸賞《けんせう》募《ぼ》集《しふ》／幸田《かうだ》露《ろ》伴先生《はんせんせい》選《せん》／課題《くわだい》『戰爭《せんそう》』／締切《しめきり》　二月《ぐわつ》二十九日《にち》／賞金《せうきん》一等《とう》二十圓《ゑん》　二等《とう》十圓《ゑん》／三等《とう》五圓《ゑん》」の記事が見られ、「萬朝報」明治三十七年四月八日付には、「戰爭に關する小説的想像文を募集す」の記事が見られる。また、「日本」明治三十七年二月十日付には、小説ではないが「短歌を募る」とあり、「從來の文苑の外に戰に關する短歌を募り士氣の振興を期す」との記事が見られる。

（18）　北越叢松之里蘆生「讀者通信」（「文章世界」明治三十九年八月　博文館）。また同じ号に掲載された、薩摩知覧福地重吉「何回も入賞して才藻衆に擢んでた者の寫眞を一ツ二ツづゝ載する事。」といった、入賞者の写真を載せるよう希望する読者の意見は多く見られる。

(19)　竹越與三郎「文章管見」(「文章世界」明治三十九年四月　博文館)
(20)　笹川臨風「我が文章觀」(「文章世界」明治三十九年七月　博文館)
(21)　佐々醒雪「眞の名文／(巧だと感ぜしむるのも失敗である。)」(「文章世界」明治三十九年七月　博文館)
(22)　「文章世界」明治三十九年七月の「讀者通信」に、理想生の名で「尚增刊が待長い何月頃出るだらうか」、「文章世界」明治三十九年六月の「讀者通信」に、淡ヶ岳生の名で「▲一、增刊は未だですか待遠ですから早く出して下さい。其發行期はいつですか是非御答を。」とある。また、「文章世界」明治三十九年六月の「讀者通信」に、大阪、野口計太郎、の名で「一、僕は十五才ですが、本誌に投書して宜しいか」とある。
(23)　江藤淳「漱石とその時代　第三部（七）」(「新潮」平成三年八月　新潮社)
(24)　前掲注(23)
(25)　竹盛天雄は、この点に関して「「夢」と「空想」とは、やはり『一夜』の場合においても、微妙なズレがあるのではないか。夢見ることの機微には、醒めている間の空想作用とはちがって、不可測のものが干与していて、自由にはならない。そのような条件を相手にしての、「夢」の物語のことばをあたえようとこころみるのが「髯ある人」の現在である。／　その不可測の条件は、「人生」のはかりがたさと同じい。語りだそうとすれば、そのつど邪魔が入って中断され、繰り延べさせられる。」(竹盛天雄「『吾輩は猫である』と『漾虚集』と―『一夜』・ハイカラな「俳句の如きもの」として―」(「國文學　解釈と教材の研究」昭和六十三年十月　學燈社))と、述べ「人生」のはかりがたさの比喩と解しているが、本論では、中断、繰り延べによって、話の内容以外に周りのたたずまいに関心が向くことに着目した。
(26)　「文章顧問」(「文章世界」明治三十九年九月　博文館)

第二章　社会的・文化的状況との交差

一　「カーライル博物館」

――カーライル「博物館」は何をもたらしたか――

（一）

「カーライル博物館」は、明治三十八年一月「學燈」に掲載され、後、明治三十九年五月『漾虚集』（大倉書店・服部書店刊）に収められた作品である。『漾虚集』に収められたことから、従来、『漾虚集』論の中で扱われることが一般的であり、独立した一作品として論じられたものは、漱石の他の作品に関する論と比較して、格段に少ないのが現状である。

その中で、この作品を単独で扱った論として、比較的早い時期のものに、岡三郎「夏目漱石の「カーライル博物館」の解明―その事実と夢想について―」がある。[1]「カーライル博物館」の典拠について論じ、東北大学附属図書館所蔵の漱石文庫に存在する、「１９００年　The Carlyle's House Memorial Trust が発行者になっている Carlyle's House : Illustrated Descriptive Catalogue of Books Manuscripts Pictures and Funiture Exhibited Therein と題された１１８頁ほどの小冊子」を、「もっとも重要な材源として利用したものとして推定できる。[2]」としている。

この論に見られるように、「カーライル博物館」は作品の典拠あるいは、カーライルとの関連の観点から主に論じられてきた。

漱石が東京大学を卒業するころ（明治26）から熊本時代にかけては、Carlyle に対する評価が高まって来た時代であり、漱石は、あたかも、日本において精神的、思想的模範としての Carlyle の偉大さについての認識が深まりかけたころに、イギリスに留学したということになるのである。(3)

と、日本におけるカーライルの受容との関連について触れた松村昌家の論、また、出口保夫氏の論に見られるような、「漱石が池田と自分の名前を書いたもので、年長の池田に敬意を表してその名前を先に書き、下に自分の名前をそえたものと思う(4)」といった、カーライル博物館の Visitor's Book の漱石と池田菊苗の署名の筆跡をめぐる論考や、最近のものでは、

一九〇二年、フルードの死後に、彼が自らの立場を擁護しつつ、カーライル夫妻の結婚生活における亀裂をさらに強く主張した冊子が公にされると、同年に反フルード派は直ちに反論するというように、論争は繰り返され、一九三〇年代まで断続的に続いてゆく。「カーライル博物館」は、この論争が白熱した応酬を繰り広げている最中に発表されたのであった。したがって、今日ではカーライル研究者を除いてほとんど忘れ去られた論争のようではあるが、発表時にこの短編は、論争の舞台への訪問記として、きわめてトピカルな性格をもっていたはずである。(5)

と、カーライルの伝記における論争との関連について述べた、中原章雄氏の論も、この範疇に属するものとして位置づけられる。

一方「カーライル博物館」の作品内容自体に関しては、長くこの作品が収録された『漾虚集』における位置づけの観点から論じられてきた。

「カーライル博物館」は英国を舞台としていても、〈漱石の深淵〉や〈夜の暗黒〉にほど遠く、先に確かめたように作者の現実にきわめて近い。また、「一夜」は日本を舞台としているが、作品世界は超現実的な色彩が濃厚である。日本か英国かという分類よりも、超現実か現実かという分類の方が、作品内実により迫れるのではないか。(6)

と、「カーライル博物館」が収録されている短編集『漾虚集』に収められた短編を、超現実を扱っているか、あるいは現実を扱っているかによって分類した、相原和邦「『漾虚集』の性格」を、その一例として挙げることができる。

このような論調が主流の中で、ジャン゠ジャック・オリガス「「蜘蛛手」の街―漱石初期の作品の一断面」(7)は、『倫敦塔』の中では、都会は背景として、或いははるかな「背景」のように現われるのに対して、『カーライル博物館』ではその全編にわたって唯一の主題となっているように思われるが、二編の作品の間には、密接な関係がある。『倫敦塔』では、過去の歴史とはどういうものであるか、その歴史の中で、人間は何が出来るのか、と作者は問いつづける。『カーライル博物館』の中では、今の都会、そしてその都会の中の作家（広くいえば、創作するもの）の実際の姿をみきわめようとする。(8)

と述べており、「カーライル博物館」を『漾虚集』内の一作品としてではなく、独立した一作品として作品内容に踏み込んで論じている点において、現在においても示唆に富む論考である。

この論で注目すべきは、『カーライル博物館』を、「都会」という、「場所」を描いた作品である、と位置づけている点である。この指摘をふまえるならば、その都会の一部分として存在する、他ならぬカーライル博物館という場所は、この作品において、どのような意味をもつ「場所」として立ち現れているのであろうか、ということが新たな問題点として浮上してくるであろう。

「カーライル博物館」において、カーライル博物館が作品内でどのような場所として立ち現れているかに関しては、中原章雄が「「カーライル博物館」は何よりもまず、語り手「余」がドメスティックな空間を――ドメスティックであるはずの空間を、訪問する物語として読むべきであろう。(9)」と述べている。これは、カーライル博物館を、カーライル夫妻が住んでいた家の単なる延長線上にあるものとして、位置づけているに過ぎない見方である。

しかし、カーライル夫妻の家は、すでに一八九五年にカーライル博物館になっており、(10)そのことによって、単なる個人の生活の場から、一般に公開される、開かれた、そして見学者を意識した場所(11)へと、場の性格が大きく変容していることを見逃すべきではない。さらに作品中のカーライル博物館における、場の意味を考察するにあたっては、この博物館が、「有志家の発起で」と作品中にもあるように、カーライルの住居という歴史的建造物を保存しようとする志を持った一般の人々によって作られ、「好事のものには何時でも縦覧せしむる便宜さへ謀られた。」という、ロンドンという都会の中において、広く一般の人に開かれた場所とされた点も考慮に入れる必要があろう。

本論ではカーライル博物館が、歴史的建造物の保存を目的としてつくられた団体によって、歴史的建造物や遺物の保存が図られた場所であることに着目し、カーライル博物館がどのような場所として、主人公「余」の前に立ち現れ、そこで「余」は何を感じ取ったのかを論じることにする。

（二）

作品の特徴の一つとして、「余」がカーライル博物館の見学中に、繰り返し窓から首を出していることが挙げられる。作品中で「余」は、窓から三度首を出しているのだが、そのうちの一つをここに挙げる。

余は三度び首を出した。そして彼の所謂「倫敦の方」へと視線を延ばした。然しエストミンスターも見えぬ、セント、ポールスも見えぬ。数万の家数十万の人数百万の物音は余と堂宇との間に立ちつゝある、漾ひつゝある動きつゝある。

この箇所で、「余」がカーライル博物館の窓から見ているのは、細部を見ることとの出来る近景がない、漠然とした風景である。これに見られるような、遠近感のない窓からの眺めという視覚をもたらしたものについて、『鉄道旅行の歴史 19世紀における空間と時間の工業化』の著者、シヴェルブシュは次のように述べている。

ヨーロッパの窓からの眺めは奥行を失った、というシュテルンベルガーの観察は、その現象がまず鉄道の車室の窓からの眺めで起きたということで、実証されている。産業革命前の時代の知覚にあった奥行は、速度によって近くにある対象が飛び去ってしまうことで、鉄道では全く文字通り失われる。これは、産業革命前の旅の本質的な体験を構成していたあの前景（傍点原文）の終焉を意味する。（略）鉄道の速度は、以前は旅人がその一部であった空間から、旅人を分つのである。(12)

さらにシヴェルブシュは、

空間内の近接領域である前景が、鉄道の出現と共に消えると同時に、以前はなかった新領域が、その代りに登場する。旅行中の読書が鉄道旅行の必須のものとなる。(13)

とも述べている。鉄道の出現によって、窓の風景は近景を失い、奥行きのないものとなったが、そのかわり、窓の外の風景と書物の中の世界とを同時に知覚するという、新しい知覚様式が生み出されたというのである。

この鉄道旅行中の読書について、少し検討してみることにしたい。車窓の眺めはどの路線に乗るかによってほぼ決まっているが、鉄道旅行中にどの本を読むかの方には、個人の選択の余地が十分にある。車窓の眺めと、旅行中に読んでいる書物の中の世界は、それぞれに関して結びつく必然性は全くなく、ただ旅行者の書物の選択のみが、その異種の空間の結びつきを可能にするのである。そしてその結びつけを行うことで、旅行者は、自らの鉄道旅行をより楽しめるものにする。旅行者は、結びつきの選択という、空間に対する能動的な感覚を味わい、そこから楽しみを引き出す。言い換えれば、鉄道旅行中に読む書物の選択は、異種の空間を結びつけることそのものを楽しむ感覚の誕生でもあったと言えよう。

シヴェルブシュは、また同じ著書の最後で、

古いタイプの店にある商品の外見とは違い、百貨店にある商品の外見も、パノラマ的と名づけうる。なぜなら、この商品は、鉄道や大通り《ブールヴァール》で、新しい型の知覚を生み出したと同じ交通の加速に与っているからである。百貨店では、この交通の加速とは、加速した商品の売り上げのことである。この加速は、鉄道の加速した速度が旅行者と風景との関係を変えたと同様に、買手と商品の関係を変える。(14)

とも述べ、鉄道と同じく百貨店も、新しい時間と空間をもたらしたものとしている。客が百貨店で見ることができるのは、「交通の加速」の結果によってもたらされたものではあっても、生産地からの商品の移動を感じさせることのない、整然と陳列された商品である。山下晋司は、このことを「商品がデパートに並べられたとき、商品の移動の時間と空間は忘れられ、買手はいながらにして、世界を味わうことができるというわけだ。(15)」と述べている。先に述べた、車窓の風景と書物中の空間との結びつきにおいては、二種類の空間のみの結びつきであり、いわば平面的な空間の結びつきであった。百貨店の出現に至って、「世界」という言葉で示されるような、

複数の異種の空間がパッチワークのように立体的に結びつき、さらにその結びつきによって、それぞれの空間を隔てている時間が忘れられ、結びつけられた空間をひとまとまりのものとして知覚する感覚がもたらされたのである。

これまで述べてきた、複数の異種の空間が結びつく感覚は、鉄道の発達を踏まえたものであるために、結びつく空間は共時的なものに限られる印象を与えるが、さらに十九世紀末から二十世紀初頭にかけて設立が相次いだ、歴史的建造物を保存、修復する協会による歴史的建造物の保存は、現在と過去の結びつきという通時的な、時間と空間の結びつきの感覚をも可能にした。スティーヴン・カーンは、

演劇では、舞台の演技を十全に把握するためには過去の出来事を思い出さなければならないが、映画では観客は過去をじかに見ることができる。映画でもってわれわれは「記憶作用の客観化」を経験する。写真も映画も、絵画や演劇では省略してしまうこまごました細部とともに過去を保存した。近い歴史を一巻のフィルムに断片化したものを備えた初期の映画館というものは、何百万もの観客のために記憶のこまやかな精度を高めてくれたひとつの重要な装置であった。

この時代、カメラはもう珍しいものではなかったが、写真を記録する協会の設立というのは珍しかった。(略)こうした協会に似ていたのが、都市の無秩序な成長による破壊によって危機に瀕している重要な歴史的建造物を保存、修復する目的でつくられた団体だった。(16)

と述べ、映画館と同様、歴史的建造物を保存、修復する協会の設立は、「記憶作用の客観化」つまり、これま

で回想という、きわめて主観的な個人の心理作用によって担われてきた過去を、現在という時間の中で、大勢の人が同一の形態として認知し共有できる、客観性を持つ存在へと転換することを可能にしたとしている。また、過去は、客観性を備えた空間の形で、現在の空間と結びつくことも可能になったのである。ここで、「カーライル博物館」に戻ると、「カーライルの没後は有志家の発起で彼の生前使用したる器物調度図書典籍を蒐めて之を各室に按排し好事のものには何時でも縦覧せしむる便宜さへ謀られた」と本文中にある、カーライルの家を保存する目的で the Carlyle's House Memorial Trust が設立されたのは、一八九五年五月である[17]から、まさにこの時期の出来事である。

これまで述べてきたことから、共時的にも通時的にもあらゆる時間と空間の結びつきを知覚する枠組みは、十九世紀末に至って初めて構成されたのであり、そのような人々の知覚を形成する上で、歴史的建造物を保存、修復する団体によって保存が図られた、カーライル博物館のような歴史的建造物は、その役割の一端を担ったものの一つであると位置づけられるのである。

(三)

前節で述べた、共時的、通時的に、あらゆる空間が結びつくという知覚が、19世紀末にもたらされたことを踏まえた上で、本文内容の検討に移ることにする。作品の冒頭に、演説者とカーライルの会話が示されている。

演説者はぴたりと演説をやめてつか〳〵と此村夫子のたゞずめる前に出て来る。二人の視線がひたと行き当る。演説者は濁りたる田舎調子にて御前はカーライルぢやないかと問ふ。如何にもわしはカーライルぢやと村夫子が答へる。チエルシーの哲人《セージ》と人が言囃すのは御前の事かと問ふ。成程世間ではわしの事をチエルシーの哲人《セージ》と云ふ様ぢや。セージと云ふは鳥の名だに、人間のセージとは珍しいなと演説者はから〳〵と笑ふ。

カーライルと演説者とは、相向かい合い、ユーモアを交えた言葉を交わし合う、現前する人間同士の関係をもって存在するものとして示されている。(18) むろんこの箇所は、「帰る時必ずカーライルと演説使ひの話しを思ひだす」、「余」の想起であるが、「村夫子」カーライルが住んでいた場所を霧の中に眺めていた時、「余」はカーライルを、あたかも自分の隣にいる現存する人間と、何ら変わらない存在としてとらえていたのである。「余」はこの時、時間の隔たりを越え、カーライルの生きていた空間を見ていたのである。「帰る時必ず」と、カーライルのことが繰り返し想起されているところから考えると、この経験は「余」にとって、心なごむ楽しいものであったはずである。

しかし、この想起は散歩の帰り、「彼の溟濛たる瓦斯の霧に混ずる所」「往時此村夫子の住んで居つたチエルシー」を背にして、下宿の方へ帰る時になされていることに留意したい。この時「余」は一人である。「余」にとってどんなに心なごむ楽しい経験であったとしても、「余」の経験には、他人と経験を共有することによって得られる確証が欠けている。ゆえにともすれば、「遙かに対岸の往来を這ひ廻る霧の影は次第に濃くなつて五階立の町続きの下から漸々此揺曳くものゝ裏に薄れ去つて来る」辺りの風景同様、カーライルの生きていた空間を見たという知覚自体が、漠然とした不確かなものとして、「余」に思えてくる状態であったのである。

そして、現存する人間と何ら変わらない存在として想起されたカーライルその人から、「往時此の村夫子の住んで居つたチエルシーなのである。」と、カーライルの住んでいた場所「チエルシー」に視線を転じたとき、

カーライルは居らぬ。演説者も死んだであらう。然しチエルシーは以前の如く存在して居る。

と、カーライルの生きていた空間は現在失われたはずである。しかしその一方で、その空間が占めた場所は依然として存在することに気づく。たとえ「余」が、カーライルの生きた空間を見たことが、確かな経験でなかったとしても、その空間が占めた場所を見ることは、「余」のみならず他の人にとっても同じように、可能なこととして残されているのである。

「余」は、死に隔てられた存在であるはずのカーライルが、生きていた空間と、自分とを結びつけたものは一体何であろうか、という問いに思い至る。そしてそれが、カーライルと「余」が、「チエルシー」という同じ場所を見ていたことであることに気づく。これは同時に、同じ場所が過去と現在とで異なる空間を構成し、同じ場所であることを媒介にして、現在においてその異なる空間に、結びつきが生じることに気づくことでもある。「余」とカーライルは、この互いの存在する空間同士に生じた直接的な結びつきによって、関係づけられていたのである。

「余」の生きる現在における、異なる空間同士の結びつきは、互いの空間に横たわる時間の隔たりを忘れさせる。この作用に気づき、関心を持ったからこそ「余」は、「彼の多年住み古した家屋敷さへ今猶儼然と保存せられてある」と、「余」もカーライルと同じように、カーライルが存在したまさにその場所、「家屋敷」を見ること

ができることを、さらに強調するのである。

過去と現在において構成される異なる空間を結びつける作用を、その同一の場所が持つことに気づいたことから、「余」は、カーライルその人から、彼の住んでいたチエルシーに話題を移す。チエルシーには、「ハントの家はカーライルの直近傍で、現にカーライルが此家に引き移つた晩訪ねて来たといふ」とあるように、カーライルの住んでいた家以外にも、カーライルの生前にあっては、彼の家がそうであるのと同じように、文学者が生活の場としていた「家」が存在していたことが挙げられる。そのほかにも、文学者が生活の場としていた「家」として「エリオツトの居つた家とロセツチの住んだ邸」が、「すぐ傍の川端に向いた通りにある。」とカーライルの住んでいた家のすぐ近くに存在していたことが述べられている。

これらの「家」は、「余」が語っている現在においても「家」であり、住んでいる人の個人の生活の場という、その空間の位置づけは、カーライルの時代から現在に至るまで変化していない。しかしそのことがかえって、「皆既に代がかはつて現に人が這入つて居るから見物は出来ぬ」とあるように、「家」つまり、現在住んでいる人の個人的な生活の場といった、現在という限定された時間内における、単一の空間として強固に規定される結果を招いてしまう。その限定があまりに強固なために、過去にその同一の場所が、別のありようをした空間として、立ち現れていた可能性を想起することさえ、非常に難しいものとなる。単に昔から変わらないだけでは、その場所は現在における空間と異なる、過去における空間を生じさせるものとはなりえない。

ところで、これら文学者の「家」と異なりカーライルの「家屋敷」が、「余」の存在する空間と、カーライルの存在する空間の結びつきの強い作用をもたらす場所でありうるのは、それが「六ペンスを払へば何人でも又何時でも随意に観覧が出来る」博物館となっているからである。(19) 言い換えれば、カーライル博物館が、カーライルとの直接的な人間関係によらなくとも、何時でも誰でも、「過去をじかに見る」こと、つまり過去の空間が、その住人であるカーライルとともに立ち現れることを、制度として保証されている〈場〉であるからである。

　カーライル博物館は、現在の空間とは異なる、過去における空間の立ち現れと、それに続く異なる空間同士の結びつきが生じることを制度として保証する〈場〉、あるいは装置なのである。

（四）

　チエルシーを眺めることをきっかけに、現在の空間とは異なったものとしての、過去における空間の立ち現れと、それらの異なる空間同士に結びつきが生じることに関心をもった「余」は、先に述べたように、それらの作用が制度として保証されている〈場〉である、カーライル博物館を「ある朝遂に橋を渡つて」訪れる。

　早速「余」は、かつてのカーライルの生活の場を目の前にして、「カーライルは書物の上でこそ自分独りわかつた様な事をいふが、家を極めるには細君の助けに依らなくては駄目と覚悟をしたものと見えて、夫人の上京する迄手を束ねて待つて居た。」と述べている。ここでは、「成程世間ではわしの事をチエルシーの哲人《セージ》と云ふ様ぢや」と、「余」の想起の中で「チエルシーの哲人《セージ》」と、すぐれた思索家とされていたカーライルが、家を選ぶに必要な、場所に対する感覚は、「其の愚物の中に当然勘定せらるべき妻君」にかなわなかったという、「余」におけるこれまでのカーライルのとらえ方を、転換させるような新たな面において想起されている。

　この「余」の想起は、かつてカーライルの住み家であった、まさにその場所であることで、カーライルの場所に対する感覚をも体現している〈場〉として、カーライル博物館を認識したことを示すものである。さらに、カーライルに対する新たな認識の方法によって、これまでとは異なった認識がもたらされたことも示している。「余」の捉えるカーライルは、これまでのような、現存する人間と変わらない姿を持った存在から、空間として体現される存在へと変容していく。次に続く「カーライルは此クロムエルの如きフレデリック大王の如き又製造場の烟突の如き家の中でクロムエルを著はしフレデリック大王を著はしヂスレリーの周旋にかゝる年給を擯けて四角四面に暮したのである。」の箇所では、この捉え方が徹底され、カーライルの著作や一生は「製造場の烟突の如き家」という空間にすべて収斂され、置き換えられるものとして捉えられるに至る。

カーライル博物館で「余」を迎えた、「御這入りと云ふ」婆さんの態度は「最初から見物人と思つて居るらしい」と、「余」を最初から博物館の見学者として扱うものであった。他の見学者と同様、カーライルの生きていた空間の立ち現れを、他の見学者と共有できる客観性を備えた経験として経験すること、言い換えれば「記憶作用の客観化」を目的とした来訪者として、「余」は一くくりにされた訳である。それに対して彼は戸惑いながらも、その位置づけを素直に受け入れている。「余」は「室内の絵画器具に就いて一々説明を与える」婆さんの説明に従う形で、見物し始める。

やがて、「余」は婆さんの説明を「調子が面白い」と相対化し、「御前は御前で勝手に口上を述べなさい、わしはわしで自由に見物するからといふ態度をとつた」とあるように、婆さんの存在を、展示品に対する自分の見方を規定するものとしては見なさなくなる。その一方で、婆さんが依然として博物館の見物人に対する態度で、「御前は御前で勝手に口上を述べ」ることを認めていることからも理解できるように、「記憶作用の客観化」を目的とする来訪者という、婆さんの「余」に対する規定は、「余」によって依然として容認されているのである。[20]

「余」は、窓の外の景色に興味を持ち、四度窓から首を出す。

カーライル云ふ。裏の窓より見渡せば見ゆるものは茂る葉の木株、碧りなる野原、及びその間に点綴する勾配の急なる赤き屋根のみ。西風の吹く此頃の眺めはいと晴れやかに心地よし。

余は茂る葉を見様と思ひ青き野を眺め様と思ふて実は裏の窓から首を出したのである。首は既に二返許り出したが青いものも何にも見えぬ。右に家が見える、左りに家が見える、向にも家が見える。其上には鉛色の空が一面に胃病やみの様に不精無精に垂れかゝつて居るのみである。

と、カーライルの見た景色と、自分が現在見ている景色とを対比させることによって、広い空間や緑が失われた、現在における空間を改めて認識している。婆さんの説明から距離をとり「自由に見物する」態度をとることにした「余」は、かつてカーライルが占めた空間と、そこに置き換えられた彼の空間に対する意識を想起し、現在見ている空間と結びつけるという方法で、カーライル博物館を見学している。「千八百三十四年のチエルシーと今日のチエルシーとは丸で別物である。」という認識は、時間の異なりが、同じ場所に由来する異なる空間同士のなつながりに転換されることにより、同時的なものとして認知されることへの驚嘆でもある。

「黙然として余の背後に佇立し」ている婆さんは、案内人という役割の下、「余」が驚嘆して見ている、過去と現在における異なる空間の結びつきを、見物人が、博物館に求める「記憶作用の客観化」の一つとして、制度に回収してしまう存在ではある。しかし、制度への回収は「余」の知覚を、客観性を持った、他の見学者と共有できるものへと転換する、といった肯定的な面も持つ。また、「余」が「四度び首を引き込めた」と窓の外を眺めている間、「婆さんは黙然として余の背後に佇立して居る」と、わざわざ「余」を待っているところを見ると、

「余」が見学している間、他の見学者はいなかったと考えられる。婆さんは「余」の見学の唯一の同行者でもあったわけであり、彼女は他の見学者に代わって、その客観性を与えられた「余」の知覚を、「余」と共有する役割も同時に果たしているのである。

驚嘆はさらに「余」を様々な空間のつながりへと誘い、「英国に於てカーライルを苦しめたる声は独逸に於てショペンハウアを苦しめたる声である。」と、カーライルという個人の枠組みを越え、さらに「英国」から「独逸」へと国境をも越え、これまでにない広がりを見せるに至る、カーライル博物館を訪れる前には考えられなかった規模で展開する。

「余」は、作品の冒頭でカーライルの生きている空間を見ることを可能にしていた、さまざまな要素が、空間の結びつきとして知覚されるという知覚形式が、客観性を持って存在することの確証を、カーライル博物館で得ることができた。さらにその知覚形式のもたらす楽しさも存分に楽しむことができた。その立役者は、外ならぬ婆さんであったことを忘れてはならない。ゆえに、あまり説明を聞いてなかったにもかかわらず、作品の最後で「余」は満足して「掌の上に一片の銀貨を載せ」婆さんの労に報いたのである。(21)(22)

注

（1）「青山学院大学文学部紀要」第16号　昭和五十年三月　青山学院大学文学部

（2）前掲注（1）岡三郎「夏目漱石の「カーライル博物館」の解明—その事実と夢想について—」

（3）松村昌家「漱石の『カーライル博物館』とCarlyle's House」（「神戸女学院大学論集」第23巻第1号　昭和五十一年九月　神戸女学院大学研究所）

（4）出口保夫『ロンドンの夏目漱石』（昭和五十七年九月　河出書房新社　pp. 188～189）

(5) 中原章雄「「カーライル博物館」再訪—家、妻、そして『猫』—」（「立命館文学」第528号　平成五年三月　立命館大学人文学会）、また中原氏は「「カーライル博物館」の秘密—カーライルの家と漱石の家」（「英語青年」第138巻第11号　平成五年二月　研究社出版）においても同様に、カーライルの伝記をめぐる論争と「カーライル博物館」との関連について触れている。

(6) 相原和邦「『漾虚集』の性格」（「日本文学」VOL. 21　昭和四十七年六月　日本文学協会編集　未来社刊）

(7) 「季刊藝術」第二十四号　昭和四十八年一月　季刊藝術出版

(8) 前掲注(7)　ジャン-ジャック・オリガス「「蜘蛛手」の街—漱石初期の作品の一断面」

(9) 前掲注(5)

(10) 『THE NATIONAL TRUST CARLYLE'S HOUSE』(National Trust, 36 Queen Anne's Gate, London SW1H 9AS, 1979.) による。

(11) 古賀忠通・徳川宗敬・樋口清之監修『博物館学講座　第2巻　日本と世界の博物館史』（昭和五十六年一月　雄山閣出版）には、「19世紀後半の博物館史に見落すことのできない出来事としてぜひ記述しておかなければならないことのひとつは、陳列方法の改善である。（略）サウスケンジントン博物館でも豊富な収蔵品を分類して一般陳列品と研究資料とに分け、大部分を収蔵室に収めてこれに研究室を付属させ、研究者の便に供するとともに、ゆとりのできた陳列空間を一般参観者への教育的配置にもとづいて活用する方法を採用した。」(pp. 14～15) と、19世紀後半において、博物館の運営に際して、収蔵品の配置に代表されるように、一般見学者が意識されることとなったことが示唆されている。

(12) ヴォルフガング・シヴェルブシュ、加藤二郎訳『鉄道旅行の歴史　19世紀における空間と時間の工業化』（昭和五十七年十一月　財団法人法政大学出版局　p. 80）

(13) 前掲注(12)　p. 81

(14) 前掲注(12)　p. 237

(15) 山下晋司「観光の時間、観光の空間—新しい地球の認識」（『岩波講座　現代社会学　第6巻』平成八年二月岩波書店　p. 111）

（16）スティーヴン・カーン、浅野敏夫訳『時間の文化史——時間と空間の文化：１８８０−１９１８／上巻』（平成五年一月　法政大学出版局　pp. 54 〜 55）

（17）前掲注（10）p. 5による。なお、カーライルの家が、ナショナル・トラストの管理下に置かれるようになったのは、一九三六年である。（同書による。その経緯に関しては、Gaze John,Figures in landscape : a history of the National Trust, Barrie & Jenkins, 1988, pp. 158 〜 159に記述がある。）

（18）時野谷滋はこの「演説使い」に関して、カーライルの分身である、という見解を示してしている。（「漱石「カーライル博物館」の演説使い」（「関東短期大学国語国文」創刊号　平成四年三月　関東短期大学国語国文学会））ここでは、カーライルが「余」によって、現前する人間同士の関係を結んでいる姿として、想起されていることに着目したい。

（19）「厨は往来よりも下にある。（略）是は今案内をして居る婆さんの住居になつて居る。」と作品中にある。カーライル博物館は、「余」が訪れた時点でも、正確に言えば住居としての役割も果たしているのだが、博物館であることによって、「現在住んでいる人の個人的な生活の場」という点においてのみ、《場》の意味が強固に限定されることから免れていることが、他の「家」と決定的に異なる点である。

（20）五十嵐礼子は、この箇所に関して、「「余」は自尊心が高い人物であり、ましてや、自己を「当たり前の人間」などとは、思ってもいない。そこで、自己を当たり前の見物者程度にしか考えていない案内人の婆さんに対して、反発に近い態度をとる。」と述べ、特別扱いを望む「余」の、そのような扱いをしない「案内人の婆さん」に対する反発の示された箇所との位置づけをしている。「余」が自尊心の高い人物であることは確かであるが、本稿では、「始めのうちは聞き返したり問い返したり」していた婆さんの説明に関して、「調子が面白い」と内容を聞くべきものとして捉えなくなった「余」の態度の変化に着目し、婆さんの説明から自由になり、「余」が自分の見方で見学するようになってきているという、「余」の見学態度に変化が表れた箇所として捉えている。

（21）小森陽一は「倫敦塔」に関して、「あらかじめ「案内記」を読んでおくこと。それなしには「出掛る」ことはありえないような「二十世紀の倫敦」における「皆んな」の在り方。自らのすべての経験が、あらかじめ誰かによって言説化された情報をなぞること以上でも以下でもないような状況が、「当り前」になってしまうのが「二十世紀」

なのである。」（小森陽一「夏目漱石と二十世紀」（「漱石研究」創刊号　平成五年十月　翰林書房　p. 98））と述べ、「二十世紀」にもたらされた知覚形式の否定面が、「カーライル博物館」と同じく『漾虚集』に収められた、「倫敦塔」に示されているとしている。この指摘と対照させるならば、「カーライル博物館」は、十九世紀末から二十世紀初頭の時期、大まかに言えば「二十世紀」にもたらされた知覚形式が切り開いた、新しい楽しみ、快楽という、これらの肯定面が描かれた作品である。

(22)　吉田凞生は、「小説に現れた金銭あれこれ　大学教師・漱石は貧乏だったか」（「エコノミスト」昭和五十六年一月十三・二十合併号　毎日新聞社）において、「道草」で健三によって実家に帰らされたお住が、突然健三のもとを訪ねてくる場面で、「見つともないから是で下駄でも買つたら好いだらう」と、渡される三枚の壱円紙幣について「この場面の主役はこの三枚の紙幣だと言ってもいいかもしれない。この紙幣には血が通っている。それはお住の下駄と交換できる数字ではなく、言わば人間の社会的関係でもあれば心情的関係でもあるような、ある重味を持った何かである。／私の見たところでは、小説の中で金銭にこのように不思議な重味を与えた作家は、漱石のほかあまり例がないように思う。」と、述べている。この場面の銀貨も、「余」の知覚を客観性を持ったものへと転換し、さらにそれを共有する役割まで果たしてくれたことに対する、婆さんへの感謝の表現として渡したと捉えられる。

二　「薤露行」

――明治三十年代後半におけるキリスト教言説との関連に着目して――

（一）

「薤露行」は、明治三十八年十一月「中央公論」に掲載された。後、明治三十九年五月、短編集『漾虚集』（大倉書店・服部書店刊）に収録された。作品の冒頭で、

> 実を云ふとマロリーの写したランスロツトは或る点に於て車夫の如く、ギニヰアは車夫の情婦の様な感じがある。此一点丈でも書き直す必要は充分あると思ふ。テニソンのアイヂルスは優麗都雅の点に於て古今の雄篇たるのみならず性格の描写に於ても十九世紀の人間を古代の舞台に躍らせる様なかきぶりであるから、かゝる短篇を草するには大に参考すべき長詩であるは云ふ迄もない。

と、典拠に言及していることにより、比較文学の方面から、典拠との異同を問題点とする研究が早い時期からなされてきた。すでに大正期に、森田草平が『文章道と漱石先生』において「『薤露《かいろ》行《かう》』は明《あきら》かにマロリイの

『アーサア物語《ものがたり》』を土臺《どだい》として、それを作者《さくしや》の豊《ゆた》かな空想《くうさう》の赴《おもむ》くがまゝに潤飾《じゆんしよく》したもので、同《おな》じ材料《ざいれう》を取扱《とりあつか》つたものには、前《まへ》にアルフレッド・テニソンの『アイヂルス・オブ・ゼ・キング』（特《とく》に其中《そのうち》の『ランスロットとエレイン』）と『シャロットの妖姫』との二《ふた》つがある。（1）」と述べ、

　『アイヂルス』の方《はう》では王妃《わうひ》もランスロットもアーサア王《わう》の前《まへ》で病氣《びやうき》を盾《たて》に一旦《たん》行《ゆ》かぬと云《い》ひ張《は》つたものゝ、王《わう》の影《かげ》が見《み》えなく成《な》ると、王妃《わうひ》は急《きふ》に恐怖《きようふ》の念《ねん》を生《しやう》じて、ランスロットに王《わう》の後《あと》を追《お》うて試合《しあひ》の場《ば》へ出《で》よ、われをランスロットと知《し》られて闘《たゝか》はんは面白《おもしろ》からず、わざと姿《すがた》を變《か》へて試合《しあひ》せんために遅《おく》れたりと云《い》はゞ、誰《たれ》も後《おく》れたるを肯《うべな》ふべし、と云つて勸《すゝ》めることに成《な》つて居《ゐ》る。此方《このはう》が理詰《りづ》めでもあれば又心《またしん》理的《りてき》でもある。が、幽艶《いうえん》といふ點《てん》では一歩《ぽ》を『薤露行《かいろかう》』に譲《ゆづ》らねばなるまい。（2）

　このように、テニソンとの比較を行っている。この後高宮利行が、「『薤露行』の系譜」（3）において、「薤露行」に描かれた悲恋物語の原型が、「Lancelot en prose または 'The Vulgate Cycle' と呼ばれる長大な散文作品の最終巻にあたり、中世ヨーロッパで最も人口に膾炙したアーサー王物語である」（4）十三世紀にフランス語で著された La Mort le Roi Artu であることを指摘し、この物語がイタリア語で書かれた Cento Novelle Antiche 'La Damigiella di Scalot' と英語で書かれた Stanzaic Morte Arthur の二系列に分かれ、さらにマロリー、テニソンを経て『薤露行』に至るまでの諸本の系譜を詳細に明らかにしている。

　江藤淳『漱石とアーサー王傳説』（5）は、本文校訂、一九〇〇年刊マクミラン版『アーサーの死』に見られる漱石の書き入れの検討など、一冊を費やして多面的、かつ詳細に『薤露行』を論じ、以後の『薤露行』研究に継承と

批判の両面において、広範囲に影響を与えた。中でも、「文學と視覺藝術との相互干渉」の観点に立った英国世紀末芸術との関連の指摘は、今日隆盛を極めている文化史的アプローチの先鞭をつけたものとして評価できる。しかし、それだけに手厳しい批判も少なくない。すでに、この本が出版された昭和五十年当時においても、大岡昇平が「「相互干渉」の研究は、漱石自身の言及は皆無または間接的であるから、「見ていたはずである」「読んでいなかったとは断言できない」のような語法が多く、読むものに不安ともどかしさを感じさせる。(6)」と、この本を批判している。柏木秀夫も「江藤氏の主張は、残念ながら、誤解もしくは曲解に基づく牽強付会と言わねばならない。(7)」と述べ、

江藤氏はホルマン・ハントの絵と漱石の描写の関係についても誤解している。まず、江藤氏自身も認めている如く、ハントの鏡は砕けてはおらずひびが入っているだけなのに、漱石の鏡は「粉微塵になって室の中に飛ん」でいる。また鏡の形も、ハントのは楕円形なのに、漱石のは「広き世界を四角に切るとも」とか「鏡の長さは五尺に足らぬ」という描写から四角形の鏡と見て間違いはないだろう。もし江藤氏の推断するごとく、漱石がハントの絵を「実際に見、記憶に刻みつけていたある情景を、そこに活写している」としたならば、両者に見られるこの相違はどう説明するのであろうか。(8)

以上のように手厳しく批判している。近年における江藤論に対する批判としては、小倉脩三「「薤露行」―その材源をめぐって―(9)」が挙げられる。

また、マロリー、テニスン以外の典拠として、飛ヶ谷美穂子が次のように述べ、

殊に注目に値するのは、「髪を繞りて動きだす」蛇の「衣擦る如き音」と“sudden serpents hiss across her hair”や、あとに響く「耳元に、何者かからからと笑ふ声」と“the caught-up choked dry laughters following them”などの、印象的な聴覚表現の一致である。音楽性をもって知られるスウィンバーンの、頭韻をきかせた独特の響きまでが、たくみに日本語のリズムに移しとられているようである。

このように、「ヴィナス頌」における視覚的・聴覚的イメージが漱石の中に刻み込まれ、『薤露行』の「夢」に投影し結実していると思われるのである。(10)

と述べ、燃え上がる紅の薔薇や蛇が描かれるギニヴィアの夢の典拠として、スウィンバーン『詩とバラード・第一集』「ヴィナス頌」を特定している。

比較文学的研究が主流をなす一方で、作品の舞台が中世の英国であることもあって、「薤露行」が発表された、明治三十年代後半における我が国の文化的背景との関連には、この作品の研究において、これまで関心が払われなかったのが、「薤露行」の研究の現状であろう。明治三十年代後半における文化的背景との関連に触れたものとして、先に挙げた、江藤淳『漱石とアーサー王傳説』が、「薤露行」が所収された短編集『漾虚集』は、中村不折、橋口五葉が描いた扉絵や挿し絵、ヴィネット等といった視覚芸術を含む形で構成されていることを指摘している(11)ことや、「逍遥の「文藝協會」の演劇研究所と小山内薫の「自由劇場」の発足は明治四十年代のことに属するが、近代劇成立の前夜にあたる明治三十年代後半は、じつに混沌とした空気のうちに、文学、演劇、音楽が互いに交叉していた時期」であることを指摘し、作品結末部の白鳥に関して、小山内薫を主宰者とする同人誌

「七人」に掲載された、[12]吉田白甲訳『ローエングリン』の影響を挙げた磯田光一の論[13]などがあるが、詳細に論じられてきたとは言えない。

明治三十年代後半における、我が国の文化的背景との関連の観点から、「薤露行」を考察するにあたり、「薤露行」が「中央公論」に掲載された明治三十八年、収録された単行本『漾虚集』が発行された明治三十九年当時の新聞を、少し参照してみることにしたい。

明治三十八年十二月二十三日の「讀賣新聞」では、「讀賣新聞」の表題の下に、「この一枚（第五面と第六面）ハ趣味の新聞として毎日文藝科學を始めあらゆる有益な且つ面白い記事を載せます」と題されている。その同じ面に、幸田露伴評「短詩」など、文学関係の記事と共に、

人《ひと》あり、植村正久《うゑむらまさひさ》、海老名《ゑびな》彈正《だんじやう》、本田《ほんだ》庸《やう》一の三氏《し》を擧《あ》げて、基督教界《きりすとけうかい》に於《お》ける現今《げんこん》の三傑《さんけつ》と爲《な》す、或《ある》ひハ其《そ》れ然《しか》らん、而《しか》も三氏《し》の出身地《しゆつしんち》が、偶然《ぐうぜん》にも地理的分布《ちりてきぶんぷ》の宜《よろ》しきを得《ゑ》たるハ奇《き》なる現象《げんしやう》にあらずや、即《すなは》ち本田氏《ほんだし》の東北《とうほく》に於《お》けると、海老名氏《ゑびなし》の九州《しう》に於《お》けるとに對《たい》して、植村氏《うゑむらし》其中間《そのちうかん》に居《を》り、幕府《ばくふ》毫下《きか》の士人《しゞん》に出《い》でたるもの是《これ》なり、偶然《ぐうぜん》とハ云《い》へ、歸《き》するところ、我邦《わがくに》現代《げんだい》の一般社會《はんしやくわい》を通《つう》じて、相争《あひあらそ》へる地方的思想《ちはうてきしさう》が、こゝにも其《その》一端《たん》を示《しめ》したるなり

と述べた「教界月旦　十九　植村正久　基督教界の三傑　呉蜀魏鼎立の形勢」が掲載されている。キリスト教界の人物評が、キリスト教界に限定されるのではなく、「文藝科学」と同様「趣味の新聞」として、一般的な教養、文化的な話題と同等の扱いで、当時の新聞に掲載されているのである。

また、「日本」明治三十九年四月十三日にも、次のような記事が掲載され、

●文藝界消息《ぶんげいかいせうそく》　近來《きんらい》耶蘇《やそ》教《けう》の聖書《せいしよ》が存外《ぞんぐわい》に賣《う》れる其原因《そのげんいん》那邊《なへん》にあるやは極《きは》め難《がた》いが、兎《と》に角《かく》近年《きんねん》見《み》ることの出來《でき》ぬ盛況《せいきやう》である、現《げん》に神戸《かうべ》の聖書會社《せいしよくわいしや》で此程《このほど》八九名《めい》の行商人《かうしやうにん》を派《は》して單《たん》に大坂《おおさか》ばかりを行商《かうしやう》せしめた處《ところ》、二十餘日《よにち》の間《あひだ》に二千八十九部《ぶ》程《ほど》を賣《う》つたさうである、同社《どうしや》はこの機會《きくわい》に乗《じよう》じて十萬部《ぶ》の聖書《せいしよ》を賣《う》る計《けい》畫《くわく》を立《たて》たとやら

聖書が近来になく売れていると報じているのであるが、この記事が「文藝界消息《ぶんげいかいせうそく》」であることに注目する必要があろう。耶蘇教の聖書が売れているという出来事が、キリスト教あるいは宗教関係の記事としてではなく、最近の文学に関する話題として扱われているのである。このような点から、「薤露行」が発表された当時、掲載の場を共有していることに見られるように、キリスト教言説と文学言説とは、文学を含む、新聞の教養的文化的記事に関心を持つ新聞読者程度のレベルに至るまで、その交叉が広く共有されていたと考えられるのである。

本論では、このような当時の文化的背景をふまえ、作品中に「夫に二心なきを神の道との教」「十字架」「罪」「基督も知る」といったキリスト教のモチーフが随所に見られる点に着目し、同時代における、キリスト教言説と文学言説との交叉の観点から、この作品を論じることにしたい。

（二）

本郷教会牧師、海老名弾正主筆のキリスト教雑誌「新人」明治三十八年七月号に、綱島榮一郎「予が見神の實驗」が掲載された。結核で療養生活を送る彼の、明治三十七年七月、同年九月終わり、十一月の三度にわたる「神の現前」（傍点原文）の経験が述べられている。「かくばかり新鮮、赫奕、鋭利、沈痛なるはあらじと思はるゝほど」とした三度目の経験を「我は没して神みづからが現に筆を執りつゝありと感じたる意識」としている。

されど、顧みれば吾れ、敗残の生、枯槁の軀、一脚歩を屋外に移す能はざるの境に在りて、能く何をか為さむ。吾れ一たびはこの矛盾に泣きぬ。而してやがて「世にある限り爾が最善を竭くすべし、神を見たるもの竟に死なず」てふ強き心證の聲を聞きぬ。新たなる力は、衷より來たりぬ。それ、わが見たる神は、常に吾と偕に在《ゐ》まして、其の見江ざるの手を常に打添へたまふにあらずや。(14)

「見神の實驗」によって彼が、神の存在を確信したにとどまらず、神の存在を確信したことによって、絶望をもたらす最たるものである、病と死をも超越する、生きる希望を持つ境地と魂の平安をも得たことが記されている。

また、海老名弾正自ら、綱島梁川に触発され「新人」明治三十八年十一月号に「無我の神」の一文を著している。その中で海老名弾正は、聖書《せいしょ》は教ふ、神《かみ》の子《こ》なりと。然り神の子は神の姿《すがた》であつて、而《しか》して更に又向ふに反射《はんしゃ》するのであります。一體である。二種のものではない。汝《なんぢ》と我《われ》といふ二人稱ではない。もう一人稱だ、この神は實に尊《たつと》いもので、即ち心の潔《きよ》きものゝ心に鮮《あざ》やかに寫《うつ》るところのもの、否存するものである。こゝが即ち無我の状態《じょうたい》で、見神の境《さかい》であるのです。天地論とか。意匠論とかはいらない。神と我と一になる妙域であります。我の在るところ神あり、神のあるところ又我あり。自明的に知るのである。直覺《ちょくかく》である。これクリスチャンの大《だい》自覺《じかく》で、心に認む、否、存するところであります。(15)

と述べ、綱島梁川の経験したような神との我との合一、「見神」経験がキリスト教的に認められるものである、との考えを明らかにしている。さらにこの「無我の神」の中で、次のように述べ、

此頃《このごろ》綱島梁川君《つなじまりやうせんくん》が其著《そのちよ》病間録《べうかんろく》を寄《よ》せて参《まい》りました。私はこれを讀んで眞《しん》に靈活《れいくわつ》の文字《もんじ》であると思ひました。私は直ぐに答《こた》へてやりました。君《きみ》の病氣《べうき》は感謝《かんしや》すべしである。君の此著は希有《レーア》の述作《プロダクション》である。(16)

「希有《レーア》の述作《プロダクション》」と、綱島梁川の著作『病間録』を絶賛している。

「予が見神の實驗」は、初出から間もない明治三十八年十月、両三年来の宗教的思索に関する論考と共に、ここに挙げられている単行本、『病間録』に収められた。『病間録』は、「新人」を初めとするキリスト教関係の雑誌新聞のみならず、一般の新聞、文学関係の雑誌に至る、大きな反響を巻き起こした。この多大な反響を受けて、

明治三十九年十月、それらの評がまとめられ、『病間録批評集』が出版された。これからも『病間録』に対する反響がいかに大きかったかを伺い知ることができよう。

当時、明治三十六年五月に起きた藤村操の投身自殺に象徴される、青年の煩悶問題などを背景に、人生の苦悩に対して慰藉を与えることを期待して、宗教への関心、欲求が高まっていた。『病間録』が多大な反響を呼んだことは、この当時を特徴づける宗教への関心、欲求の高まりを象徴する出来事なのである。

キリスト教関係の新聞における『病間録』評の一例として、「基督教世界」明治三十八年十一月二日に掲載された、金子白夢「雑録　病間録を讀む（其二）」を挙げる。

> 我《わ》が梁川子《れうせんし》の詩的宗教觀《してきしうけうくわん》、宗教的詩觀《しうけうてきしくわん》、見來《みきた》れば何《なん》ぞそれ豊富《ほうふ》にして鏘鏗《さうけん》の響《ひゞ》き多《おほ》きや、予《よ》は君《きみ》が「基督《きりすと》の詩《し》」を讀《よ》み去《さ》り讀《よ》み來《きた》りて予《よ》と全然《ぜんぐそ》其の感《かん》を同《おなじ》ふするものあるを知《し》りて我《わ》が心靈《しんれい》の喜《よろこ》び何《なん》ぞそれ甚《はなは》だしきや、仰《あふ》げば靈界《れいかい》の音韻《をんゐん》幽《かす》かに我《わ》が心耳《しんじ》に響《ひゞ》きて神《かみ》の妙樂《めうがく》を傳《つた》ふるものあり、滿腔《まんこう》の熱情迸《ねつぜうほとばし》りて天地《てんち》の神《かみ》を歌《うた》はん哉《かな》、ああそれ歌《うた》はん哉《かな》。

ここでは、『病間録』において、綱島梁川の、彼の文学的素養と一体となった宗教観が、詩趣に富む、情感あふれる言葉で示されている点を、高く賞賛しているのである。

「護教」明治三十八年十一月十一日に掲載された「新刊案内」においても、次のように述べられ、

> 本書は主として著者が兩三年來の宗教上の感想録を輯めたる者にして、著者自ら云へる如く著者が近時に

於る宗教上の自覺史とも見るべく、從て宗教の理論的、組織的方面を欠くと雖も、著者肉的生活の實驗を叙述したる者なるが故に、世の人生問題、安心問題を解釋せんとする人々に光明、慰藉を與ふるを却て宗教の理論的方面を説きたる書に優るものあるべし。

宗教を理論的に論じたものではないが、この書が、著者の実経験に基づく書であるがゆえに、人生を考える人々に光明、慰藉を与える書である点を評価している。

一般の新聞に掲載された『病間録』書評の例として、「東京日日新聞」明治三十八年十月十六日に掲載された、閑々學人「病間録《びやうかんろく》を讀《よ》む」を挙げることにする。

之《これ》を要《えう》するに著者《ちよしや》の人生觀《じんせいくわん》は最《もつと》も穩健《をんけん》にして、其宗教上《そのしうけうじやう》の見地《けんち》また理性《りせい》の要求《ようきう》と相伴《さうはん》するを期《き》するを以《もつ》て所謂《いはゆる》宗教的著作《しうけうてきちよさく》と大《おほい》に科《くわ》を異《こと》にするものなり。若夫《もしそ》れ人生《じんせい》の問題《もんだい》に逢着《ほうちやく》し其解決《そのかいけつ》に苦悶《くもん》して脱《だつ》するを得《え》ざるものゝ如《ごと》きは本書《ほんしよ》を熟讀玩味《じゆくどくぐわんみ》せば必《かなら》ずや大《おほい》に發明《はつめい》する所《ところ》あらん。余輩《よはい》は之《これ》を近來《きんらい》の名著作《めいちよさく》として世間《せけん》に紹介《せうかい》するを樂《たの》しむ。

この評の著者もまた、人生の問題に苦悩する者に、その解決の手がかりを与えうる書として、『病間録』を評価し紹介している。

文芸誌である「白百合」明治三十八年十一月号に掲載された、乃帆流「『病間録』を読む」においても、『病間録』に関して次のように述べられている。

要するにこの書は現代が産したる最大の精神の糧である。力である。不安恐怖懐疑暗黒に漂ひる心貧しきものは須く走つてこの宗教的祝福を享くべきである。明瞭なる自覺を以て新生活の道途にのぞまんとするものは、共に來つてこの人心不抜の高大と微妙を寫し出せる深奥なる哲人の聲を聞くべきである。妄言多罪。

「最大の精神の糧」と評し、「不安恐怖懐疑暗黒に漂ひる心貧しきもの」、人生に苦悩するものは、この著から、人生の指針と生きる希望を得るべきであると述べている。この評において「宗教的祝福」といった言葉が用いられていることに着目したい。この書が単なる人生論、修養書ではなく、宗教的な境地からの生きる希望を述べた書物として、その宗教的要素が排除されることなく、享受されていたことを見ることができる。むしろこの評からは、「須く走つて宗教的祝福を享くべきである。」と、『病間録』に宗教的要素が存在するがゆえに、この書物が当時高く評価されていたことを、伺い知ることができる。

さらに、「文庫」明治三十八年十一月号に掲載された、「信念の書　綱島梁川氏の『病間録』を讀みて」においては、次のように評されている。

『病間録』一卷、何たる慘目、何たる愴情、しかも彼の悲哀や、故詩人透谷の如く、幽恨を以て見ずして、感謝を以て迎ふる也、反撥せずして讃美する也、庭前の病鶏を傷みて『苦痛は汝一人の事實なりと思ふこと勿れ、我またこゝに日夕枯痩の影を撫して秋に泣く身ぞ』と哀しみながらも、人に靈あり、靈に權威あり、彼はこの権威の名に神かけて、解脱の自覺を得たり。

『病間録』に記されている、神の存在を確信したことによって、絶望をもたらす最たるものである、病と死をも超越する、生きる希望を持つ境地と魂の平安をも得られた境地を、著者綱島梁川の「解脱の自覺」として賞賛しているのである。

『病間録』書評は、「吾輩は猫である（六）」が掲載された「ホト、ギス」明治三十八年十月号[17]や、「薤露行」が掲載される号の前号にあたる、明治三十八年十月号「中央公論」の「新刊批評[18]」にも掲載されている。このことから、当時、漱石作品の読者層と『病間録』の読者層は、かなり重なり合っていたものと考えることができる。

以上挙げてきた『病間録』に対する、多くの賞賛の評[19]が示すように、「見神の實驗」で綱島梁川が至った、我の在るところ神ありの境地、さらに一歩進んで、神の存在の確信による、絶望をもたらす最たるものである、病と死をも超越しうる生きる希望を持つ境地と、魂の平安は、当時、キリスト教関係者、「薤露行」を始めとする漱石作品の読者層両者を含む広い層の人々に共感されるのみならず、人生の苦悩に対する救済として、積極的に望まれるものであったのである。

（三）

これまで述べた点を踏まえつつ、作品内容の検討に入ることにしたい。ランスロットが王妃ギニヴィアとの関係を長からしめようと起こした行動は、かえって関係の危機を早めてしまう結果を招く。

「かくてあらば」と女は危うき間に際どく擦り込む石火の楽みを、長へに続づけかしと念じて両頰に笑を滴らす。

「かくてあらん」と男は始めより思ひ極めたる態である。

「されど」と少時して女は又口を開く。「かくてあらん為め――北の方なる試合に行き給へ。けさ立てる人々の蹄の痕を追ひ懸けて病癒えぬと申し給へ。此頃の蔭口、二人をつゝむ疑いの雲を晴し給へ」

ギニヴィアの懇願によって、二人の関係の疑いを晴らす目的で、ランスロットは遅ばせながら試合に出ることを決意する。

「罪は一つ。ランスロットに聞け。あかしはあれぞ」と鷹の眼を後ろに投ぐれば、並びたる十二人は悉く右の手を高く差し上げつゝ、「神も知る、罪は逃れず」と口々に云ふ。

ギニヰアは倒れんとする身を、危く壁掛に扶けて「ランスロット！」と幽に叫ぶ。王は迷ふ。

と、そのことがかえって、姦通関係が露呈する危機を招く。また、「今幸に知らざる人の盾を借りて、知らざる人の袖を纏ひ、二十三十の騎士を斃す迄深くわが面を包まば、ランスロットと名乗りをあげて人驚かす夕暮に、――誰彼共にわざと後れたる我を肯はん。」と、ギニヴィアとの関係を隠蔽するために、ランスロットはエレーンから深紅の袖を受け取ることにした。

「主の名は？」

「名は知らぬ。只美しき故に美しき小女と云ふと聞く。過ぐる十日を繋がれて、残る幾日を繋がるゝ身は果報なり。カメロットに足は向くまじ」

「美しき小女！美しき小女！」と続け様に叫んでギニヰアは薄き履に三たび石の床を踏みならす。肩に負ふ髪の時ならぬ波を描いて、二尺余を一筋毎に末迄渡る。

しかし、受け取った深紅の袖によって、名も知らぬ袖の送り主に対するギニヴィアの嫉妬と、彼女のランスロットに対する不信を招き、二人の愛情そのものを危うくする結果を招くのである。

内田道雄が「薤露行」の人間関係に関して、「ランスロットの企ても又従つて理解され生かされる場を持たない。これは人間的願望が、終始互いに行き違う、齟齬の世界である。[20]」と述べているように、ランスロットとギニヴィアの関係は、人間的願望の無力さを徹底して露呈させるのである。

また、袖の送り主に対する嫉妬を感じるギニヴィアに、アーサー王は言う。

「御身とわれと始めて逢へる昔を知るか。丈に余る石の十字を深く地に埋めたるに、蔦這ひかゝる春の頃なり。路に迷ひて御堂にしばし憩はんと入れば、銀に鏤ばむ祭壇の前に、空色の衣を肩より流して、黄金の髪に雲を起せるは誰ぞ」

女はふるへる声にて「あゝ」とのみ云ふ。床しからぬにもあらぬ昔の、今は忘るゝをのみ心易しと念じたる矢先に、忽然と容赦もなく描き出だされたるを堪へ難く思ふ。

ここで、アーサー王との関係の端緒である出会いの場所が、教会であることが描かれることによって、教会に象徴される神と、アーサー王の存在が同一の重みを持つことが示される。姦通によるアーサー王への背信行為は、同時に神に対するギニヴィアの背信行為をも意味するのである。

夫に二心なきを神の道との教は古るし。神の道に従ふの心易きも知らずと云はじ。心易きを自ら捨てゝ、捨てたる後の苦しみを嬉しと見しも君が為なり。

アーサー王に対する背信行為であるランスロットとの姦通は、単なる道徳的な過誤ではなく、神への離反としての罪をも意味しているのである。

ここで、この作品の発表当時、キリスト教における罪がどのように理解されていたかの一端をうかがうために、「聖書之研究」明治三十六年十一月号に掲載された、内村鑑三「永遠の刑罰と永生」を参照することにしたい。ここには、キリスト教における罪について次のように述べられているのである。

罪は決して小事ではありません、罪は單に不利益ではありません、亦弱點でもありません、（傍点原文）罪は人に取ての最大事件であります、神の威嚴を犯《おか》すことであります、自己《おのれ》の靈性を汚して之に致命傷《ちめいしやう》を負《お》はせることであります、吾等が惡事と知りつゝ惡事を就《な》す時に、かの一種《いつしゆ》言《い》ふべからざる恥辱《ちじよく》と絶望《ぜつばう》の念《ねん》とを感するのは何が故でありませう乎、是れ即ち吾等が其時に吾等の受くべき大特権を放棄《はうき》したことを自覺《じかく》するからではありません乎、

ギニヴィアも、ここで述べられているところの「絶望《ぜつばう》の念《ねん》」である、神の道を「捨てたる後の苦しみ」を感じている。

アーサーは我とわが胸を敲いて「黄金の冠は邪の頭に戴かず。天子の衣は悪を隠さず」と壇上に延び上る。肩に括る緋の衣の、裾は開けて、白き裏が雪の如く光る。

「罪あるを許さずと誓はば、君が傍に座せる女をも許さじ」とモードレッドは臆する気色もなく、一指を挙げてギニヰアの眉間を指す。ギニヰアは屹と立ち上る。

さらにこのように、王の目前での自身の姦通に対する追及を招くことで、ギニヴィアは神になぞらえられた、アーサー王の威厳を犯したと言えよう。アーサー王の威厳を犯すことは、ギニヴィアにおいては同時に、「永遠の刑罰と永生」で挙げられている「神の威嚴を犯《おか》す」ことを意味していると言える。ギニヴィアは、ランスロットとの姦通によって、神に対する背信行為を犯した者、神に対して罪ある存在となっているのである。

一方、「二一　鏡」では「鏡に写る浮世のみを見る」、「高き台の中に只一人住む」シャロットの女が登場する。彼女はこの中で次のように描かれている。

シャロットの女の窓より眼を放つときはシャロットの女に呪ひのかゝる時である。シャロットの女は鏡の限る天地のうちに跼蹐せねばならぬ。一重隔て、二重隔てゝ、広き世界を四角に切るとも、自滅の期を寸時も早めてはならぬ。

ところで、彼女が見ることを避けなければならない「有の儘なる浮世」は、「去れど有の儘なる世は罪に濁ると聞く。」と、罪悪に濁る世界として捉えられている。

ここで、この作品の発表当時、キリスト教における罪がどのように理解されていたかをさらに見るために、再び、当時のキリスト教言説を参照することにしたい。

「新人」明治三十八年九月に掲載された、海老名彈正「樂觀と悲觀とを超絶したる生活」には、「キリストを十《じう》字《じ》架《か》にわたし、之をなぶり、之を殺す所のものは、無常《むじやう》の風にあらずして、罪悪《ざいあく》の詛《のろい》である。」とあり、キリスト教における罪が呪いとして捉えられている。

シャロットの女にとって、「有の儘なる浮世を見」る、「窓より眼を放つ」ことは、外界にはびこる罪に身をさらすことなのである。それは直ちに、呪いによって滅亡を招くことを意味する。先に挙げた「樂觀と悲觀とを超絶したる生活」に、「自分《じぶん》の罪悪に苦《くる》しめられないならば、人々の罪悪に苦しめらるゝ。この罪悪は人々の心靈《しんれい》に存《そん》して居るが故に、これを拂《はら》ひ除《の》くことは中〻六ヶ敷い。」と述べられているが、同様にシャロットの女も、自らには何も因果のない、人々の罪悪、外界の罪悪の影に脅かされる存在なのである。彼女に窓の外を見る行為を引き起こさせたランスロットは、一夢で姦通の罪ある存在として描かれている。このことが示すように、シャロットの女にとって、ランスロットは外界に蔓延する罪悪を象徴する人物なのである。

シャロットの女がかかる呪いとは、特定の人間の範囲に限定されるはずの罪が、その限定を越え、無関係な者の滅亡を招く力として働く、という性質のものである。本来ランスロットには、シャロットの女がかかる呪いが、シャロットの女には、ランスロットの犯している姦通の罪は無関係なものである。しかし、このような呪いの力によって、「シャロットの女を殺すものはランスロット。ランスロットを殺すものはシャロットの女。」とあるように、シャロットの女とランスロット双方を、呪いと化した姦通の罪によって滅亡する運命を共にするものと化するのである。

破滅を回避しようとする人間的願望が齟齬に終わるのみにとどまらない。その場合に、唯一望みを託せるはずの、シャロットの女の見る鏡に象徴される超自然的な力さえもが、滅亡をもたらす力として働く、まさに呪われ、絶望に支配された世界が、ここには徹底して描かれているのである。

（四）

エレーンがランスロットと過ごしたのはたった一晩である。ランスロットが再びエレーンの前に現れないことを考えると、エレーンとランスロットの関係の本質は、

> 涙の中に又思ひ返す。ランスロツトこそ誓はざれ。一人誓へる吾の渝るべくもあらず。二人の中に成り立つをのみ誓とは云はじ。われとわが心にちぎるも誓には洩れず。此誓だに破らずばと思ひ詰める。

と、愛するランスロットから決して離れないことを誓った、彼女の決意そのものであると考えるのが妥当である。その固い決意は、さらに次の行為へと彼女を導く。

死ぬ事の恐しきにあらず、死したる後にランスロツトに逢ひ難きを恐るゝ。去れど此世にての逢ひ難きに比ぶれば、未来に逢ふの却つて易きかとも思ふ。罌粟散るを憂しとのみ眺むべからず、散ればこそ又咲く夏もあり。エレーンは食を断つた。

死を恐れることなく、来世でのランスロットとの再会に希望を繋ぎ、そこに己の現世での命を賭けたのである。このような行動に訴えることができたのは、エレーンが、現世と同じく来世が存在することを確信し、そこに希望を見いだしていたからにほかならない(21)。

彼女がランスロットに宛てた手紙の中で、「基督も知る、死ぬる迄清き乙女なり」とある。エレーンは吾のみならず、「基督」、神に対しても誓っているのである。来世の存在を確信し、死に際し、神に対して堂々と純潔の証を求めることは、神の存在を確信し、神に対して心を開いていなければできないことであろう。「基督教世界」明治三十七年四月二十八日に掲載された、富田政「神人の調和」では次のように述べられている。

神《しん》人の調和《てうわ》は、福音《ふくいん》の全体《ぜんたい》を包括《ほうかつ》する基督教《きりすとけう》の最大奥義《さいだいおくぎ》である、天國《てんおく》此《こ》の中《うち》に在《あ》り、神《しん》人調和《てうわ》して人為《じんゐ》が神意《しんゐ》に従《したが》ひ天道《てんだう》に一致《ち》すれば、正義《せいぎ》と平和《へいわ》と歡樂《たのしみ》の充《み》つる天國《てんおく》は人《ひと》の心中《しんちう》と社會《しやくわい》の中《うち》に來《きた》るのである、基《きり》督《すと》は之《これ》が爲《ため》に來《きた》られ、我儕《われら》は之《これ》が爲《ため》に傳道《でんだう》する。

さらに同じ「神人の調和」の中で、次のようにも述べられている。

神《しん》人調和《てうわ》の天國《てんおく》は如何《いか》にして來《き》たるか、この道《みち》を開《ひら》くが基督教《きりすとけう》の本領《ほんれう》である、而《しか》して其《それ》は基督《きりすと》に依《よつ》て來《きた》る（弗二ノ十三−二二）彼《かれ》に依《よ》り神《しん》人の調和《てうわ》なるのである、彼《かれ》は即《すなは》ち天意《てんゐ》と人意《じんゐ》を繋《つな》ぐの金鎖《くさり》となり、肉界《にくかい》と靈界《れいかい》の梯子《はしお》となりて救《すくひ》の道《みち》を立《た》て給《たま》ふた（引用者注　原文空欄）調和《てうわ》は即《すなは》ち救濟《すくひ》である、

これらには、神人調和は、人間の意志が神意に従って天道に一致することであるとされ、天国が来ることであるとも述べられている。その調和は、言い換えれば、罪からの救済なのである。そしてその神人調和は、キリストによって来るとされているのである。

「霊其物の面影を口鼻の間に示せるは朗かにも又極めて清い」カメロットの水門に着いた、エレーンの屍が清いことが語られるが、その清らかさは、文字通り「基督に依りて」、エレーンにおける、神の存在の確信と、ランスロットとの再会という人間的願望の調和の境地、いわば、神人調和がもたらしたものなのである。さらに、作品には次のような結末が訪れる。

読み終りたるギニヸアは、腰をのして舟の中なるエレーンの額――透き徹るエレーンの額に、顫へたる唇をつけつゝ「美くしき少女！」と云ふ。同時に一滴の熱き涙はエレーンの冷たき頬の上に落つる。

十三人の騎士は目と目を見合せた。

先に挙げた「神人の調和」にあるように、神人調和はすなわち罪からの救済である。ギニヴィアは、恋敵エレーンが手紙で示した神に対する確固たる帰依に、己の神に対する離反を悔い「一滴の熱き涙」を流す。ランスロットの相手がエレーンであることで、ギニヴィアをまさに裁かんとしていた、「十三人の騎士は目と目を見合せ」、追及を見合わせる。これは、罪に濁る世界に訪れた、人間的願望のみでは決して成し得ない調和と救済の象徴である。エレーンにおける神の存在、来世の存在の確信、さらにそれらに寄せる彼女の希望によって、ランスロットとの再会といった、エレーンの人間的願望を越え、姦通の罪に濁り、その露見という破局を待つばかりであった世界に、まさに現実的な調和、救済が訪れたのである。[22]

「中央公論」明治三十八年十一月号に「薤露行」と同時に掲載された、中村春雨「岸の灯」にも、「熱心《ねつしん》な、美以派《メソデスト》の信者」妙子による、エレーンと同様の、神の存在の確信と結びついた、愛する人との死後の再会の確信が描写されている。

妙子も覺悟《かくご》して氣《き》も落《をと》さず、瀕死の病人が姿勢《しせい》正しく、神《かみ》の前に跪《ひざまづ》いて、只管《ひたすら》、夫の悔改《くひあらた》めん事《こと》を祈《いの》り、最後《さいご》にその手《て》を確《しか》と握つて、『貴方《あなた》、それでは私《わたくし》は御先《をさき》へ参つて天國で待《ま》つてゐますから、貴方も何卒《どうぞ》神の前《まへ》に悔改めなすつて、私《わたくし》の居る處へお出《いで》下さいまし、屹度《きつと》ですよ、私《わたくし》は待つてゐますよ……秀子さん、貴方《あなた》とも又天國で逢ひませう、大人《をとな》しくなさい、左様なら！』と、小い手首《てくび》にも接吻《キッス》して、そのまゝ眠るが如く息《いき》を引取つたのである。

「岸の灯」は、帰ってこない婚約者を待って、老婆になった今も灯し続けている岸の明かりを目にしながら、妙子の夫である主人公自らは、何も信ずることができない虚無感に沈む結末となっているが、「薤露行」においては、エレーンの、神の存在と来世に対する確信が、信じた本人の思惑をはるかに越え、エレーン個人の平安にとどまらず、現実の変容さえもたらす力となっているのである。この二編は、神の存在に対する確信、またそれに対する態度、さらにそれがもたらす結末において、全く対照的であることが指摘できる。

ところで、「中央公論」明治三十八年十二月号には、「二百號に對する諸新聞雜誌の評」が掲載されており、それによって、十一月号に同時に掲載された「薤露行」「岸の灯」両作品に対する、発表当時における評価の一端を伺い知ることができる。(23) その評を二、三参照することにしたい。

その中で「萬朝報」の評として挙げられているものには、次のように述べられている。

> 鏡花の『女客』は春雨の『岸の灯』と共に一讀せしを悔ゆ前者は書き流しにて、後者は不出來の作、馬鹿を見しは獨り讀者のみにあらざるべきか、晩翠の『バイロン』泣菫の詩二章は例に依つて例の如し、彼等は先づ其の眠りより醒めざるべからず（記者曰く此評の當れるや否やは讀者の最も知らんと欲する處なるべし、乞ふ本號無名氏の四小説評を見よ）此の衆凡の間において漱石の『薤露行』のみ獨り異彩を放つ、然り、異彩と形容することの最も適當なるを覺ゆ、『薤露行』は詩の如き小説にて、マロリーの『アーサー王物語』より題材を採り來る、讀者其文の妙と其の筋を知らんと欲せば宜しく一讀すべし(24)

「岸の灯」に対しては、「不出來の作」「馬鹿を見しは獨り讀者のみにあらざるべきか」と厳しい評価を下している一方、「薤露行」に対しては、「獨り異彩を放つ」と同時に掲載された小説において最高の評価を与えているのである。

さらに「報知新聞」の評として挙げられているものには、次のように述べられている。

「岸の灯」は心理小説とでも名付く可きか全體の構造餘り論理的にして自然ならず會話に於ても亦此癖著るしく顯はれたるを見る假令其構造論理的なりとするもエリオツトの如く深刻ならず讀んで玩味すべきの味はあるも此編に於ては然らず露薤《ママ》行は中世のアーサー物語を主題としたるものにて横寫《ママ》精密を極はめ人物の性格紙上に活躍す此の編殆んと凡て歴史的現在を用ゐたれば文章の力餘りに充實して硬きを覺ゆ然れど氏の特色たる觀察の精緻と警句に富める點とは毫も氏の他の諸篇に讓らず(25)

この評では、「岸の灯」は、論理的すぎて、結末に見られるように、理知的な面における話の整合性を重視しすぎて、かえって物語としてのリアリティを欠く作品となっている点が批判されている。一方「薤露行」に対しては、「人物の性格紙上に活躍す」と述べられているように、先に挙げたエレーンを初めとする、人物造型が生彩に富み、その人物造型そのものが、物語を推進する力となっている点を評価しているのである。

最後に「徳島日々新聞」の評として挙げられているものを、参照することにしたい。

春雨の「岸の灯」に至つては更にツマラヌこと一層、陳にして腐一言以て、（引用者注　原文空欄）れを悉すべし、獨り嗽《ママ》石の「薤露行」は情景文致大に見るべきものあり實にこれ壓巻の文字たるをおぼゆ、原

著はマロリーのアーサー物語、原文の妙なるにもよるべけれど其叙景その抒情實に一篇無韻の詩なり[26]

とある。「その抒情實に一篇無韻の詩なり」と評されているように、エレーンの、神の存在と来世に対する確信が、信じた本人の思惑を越え、現実の変容さえもたらす力となった結末と、(二)で綱島梁川が示した、神の存在の確信による、死をも超越しうる希望を持つ境地との共通性が、「岸の灯」と異なり、「薤露行」が同時代において支持されるに至った要因の一つであると言えるのである。

注

(1) 森田草平「『幻影の盾』と『薤露行』」(『文章道と漱石先生』大正八年十一月　春陽堂　p. 116)
(2) 前掲注(1)　pp. 117～118
(3) 高宮利行「『薤露行』の系譜」(「英語青年」昭和五十年二月　研究社出版)
(4) 前掲注(3)
(5) 昭和五十年九月　東京大学出版会
(6) 大岡昇平「江藤淳著『漱石とアーサー王傳説』批判」(「朝日新聞」昭和五十年十一月二十一日夕刊)。大岡昇平は同じ新聞記事の中で、また「漱石と登世との恋愛関係は江藤氏の『漱石とその時代』以来の持論であるが、氏はその主張に固執するあまり、比較文学的蘊蓄を傾けて、「薤露行」という「もの」について、誤ったイメージを読者に与えているのではないか、と思った。」とも批判している。他に大岡昇平が『漱石とアーサー王傳説』を批判しているものとして、「『薤露行』の構造—江藤淳『漱石とアーサー王傳説』批判—」(「展望」昭和五十一年三月　筑摩書房)、「江藤淳『漱石とアーサー王傳説』批判」(「日本文学」昭和五十一年三月　日本文学協会)などがある。
(7) 柏木秀夫「『薤露行』の比較文学的考察」(「外国語・外国文学研究」昭和五十三年三月　北海道大学文学部)
(8) 柏木秀夫「『薤露行』の比較文学的考察」

(9) 「国文学ノート」平成四年三月 成城短期大学日本文学研究室。この論文の中で小倉脩三は、「それにしても疑問なのは、江藤氏が、「シャロットの女」の材源をめぐる論の展開に、なぜ未だ不透明で流動的な時期に書かれたポットウィンの論文を引用したかである。ポットウイン論文を引用するにしても、その後の展開、特にテニスン側から公開される自注本全集等の情報にふれるべきではないか。筆者には、氏がいたずらに論の道すじを混乱させているとしか思われない。」と述べている。

(10) 「漱石とスウィンバーン—『薤露行』の「夢」をめぐって」(「藝文研究」平成四年三月 慶応義塾大學藝文學會)

(11) 前掲注(5) 江藤淳『漱石とアーサー王傳説』pp. 70～71

(12) 雑誌「七人」には、「薤露行」と同じく『漾虚集』に収録された、「琴のそら音」(明治三十八年五月) が掲載されている。

(13) 磯田光一「日本オペラ史の一齣—『薤露行』の白鳥をめぐって」(「國文學 解釋と鑑賞」昭和五十三年十一月 至文堂)

(14) 綱島榮一郎「予が見神の實驗」(「新人」明治三十八年七月 新人社)、なお号は梁川である。綱島梁川に関しては、虫明竑・行安茂編『綱島梁川の生涯と思想』(昭和五十六年四月 早稲田大学出版部)、綱島梁川のキリスト教受容に関しては、闞岡一成「綱島梁川のキリスト教受容（その二）」(「神戸外大論叢」平成九年九月 神戸市外国語大学研究会)、雑誌「新人」に関しては、同志社大学人文科学研究所編『「新人」『新女界』の研究 二〇世紀初頭キリスト教ジャーナリズム」(平成十一年三月 同志社大学人文科学研究所) に詳しい。

(15) 海老名彈正「無我の神」「新人」(明治三十八年十一月 新人社)

(16) 前掲注(15)

(17) 「新刊」の欄に「人生問題研究者の好伴侶たり。」と述べられている。

(18) 「新刊批評」の欄に、哲生の署名で「吾人は綱島氏の人格を嘆美し、綱島氏の思想を尊崇し、綱島氏の文章を激賞するを禁ずる能はざるものである。」と述べられている。

(19) 本文で挙げたように、当時『病間録』に対しては、人生に苦悩する者に慰藉と光明を与える書として、おおむね好評をもって迎えられた。一方で、「明星」明治三十八年十一月号に掲載された、志知天淵「梁川氏の信仰（病間録を評す)」で「夫れ信仰なるものは、吾人が永久なる全人的意識の充實に對する要求の滿足によりて樹立するものたらざるべからず。然るに子の如是見神は、果してその全要求を充實して恒久なり得しや。假令自ら以て充實せりといはむも、其一時的なるに見れば、吾人の所謂眞の永久的充實にあらざるや知るべきのみ。少なくとも理性の充實されざりしは、更に其究竟の是認を求むるの要を認めたるに見るべし。」と評されていることに見られるように、『病間録』に対して、著書が至った境地に関して、理論的な面からの考察が十分でない点に対する批判もあった。

(20) 内田道雄「「薤露行」頌」(「古典と現代」昭和四十一年九月　古典と現代の会)。内田道雄は、ここに引用した箇所の後で「「人生は薤上の露の如く晞き易し」その主題は、このように作中人物の相互の間に生ずる行きちがい、齟齬として現出していると言えるだろう。」と述べているが、作品の主題は、エレーンに見られる、神の存在の確信による、人間的願望の齟齬の超越にあると考える点で、見解を異にしている。

(21) エレーンが現世的には死に向かいつつあるのに、父や兄が、エレーンの行為を妨害しないのは肉親の感情から考えれば奇妙に感じるが、これは父や兄がエレーンと共に、彼女の来世でのランスロットとの再会を信じているからである。

(22) 佐藤泰正「「漾虚集」—夢と現実の往還」(竹盛天雄篇「夏目漱石必携」別冊國文學・NO5 '80冬季号　學燈社)では、この結末場面に関して「この主要な人物が一堂に会した場面を彩るエレーンの無垢な存在とギニヴィアの「熱き涙」こそは死者への鎮魂となり、罪の痛みへの救済、あるいは昇華のモチーフを孕む。」と述べられている。結末に救済や昇華のモチーフを見る点において、この指摘は首肯できる。しかしその救済は、ギニヴィアの「熱き涙」によってもたらされるのでなく、本文で述べたように、エレーンにおける神の存在、来世の存在の確信、さらにそれらに寄せる彼女の希望によってもたらされたのである。さらにこのような、確信に満ちた強さを持ったエレーンを、単純に無垢なのみの存在とは捉えることはできないと考える。

(23) 当時の雑誌には、このように他の新聞雑誌から記事を引用あるいは転載し、その雑誌の記事として掲載している例を多く見ることができる。

(24) 「二百號に對する諸新聞雑誌の評」(「中央公論」明治三十八年十二月)

（25）前掲注（24）
（26）前掲注（24）

三　「趣味の遺伝」
――「学者」の立場と、日露戦争の報道に着目して――

（一）

「趣味の遺伝」は、明治三十九年一月「帝國文學」に掲載された作品である。後、明治三十九年五月、『漾虚集』（大倉書店・服部書店刊）に収録された。

この作品は、研究史における早い時期から、超自然的な要素を伴う恋愛を描いた作品との位置づけがなされてきた。その一例として、越智治雄の論が挙げられる。

余は実際に浩さんの母とあの女性とを結びつけることに成功する。余に再び「清き涼しき涙」が宿る。そうだとしたら、余は一本の銀杏の象徴する超現実的な世界への旅の果てにこのわれわれの生きている世界を作り変える目を所有したと言ってよいのである。この一編の不可思議な恋の物語の背後に存在するのは、やがて「草枕」や『虞美人草』の甲野さんを書くことになる認識者漱石にほかならぬことを、見のがすことはできない。(1)

最近の論においても、秋山公男が「「趣味の遺伝」が感応の恋を描いた小品であることを疑う余地はない[(2)]」と述べており、この位置づけは継承されている。

また、昭和四十年代後半には相次いで、この作品を、厭戦文学と位置づける論が提出された。「「趣味の遺伝」は、漱石における厭戦文学であった、と私は思う。[(3)]」とする駒尺喜美の論はその典型である。

「趣味の遺伝が漱石のテーマであれば、話の筋立はべつであっていいはずです。例えば二人の男女がなぜ互いに惹かれるのかわからない、よく調べてみたら、二人のお祖父さんとお祖母さんが相愛の仲だった、というような物語を案出することもできたはずです。それがそうならなかったのは、時代に日露戦争があり、多くの若者が死んだ。或いは愛する同志がその相手方を失うという状況があったからです。[(4)]」とする、大岡昇平の論もその一例として挙げられる。ここでの作品中の「趣味」の「遺伝」は作品の主題ではなく、副次的な結果に過ぎないとする視点や、作品の構成における日露戦争の影響の指摘は、現在においても示唆に富むものである。

厭戦文学との位置づけによって、「趣味の遺伝」と「戦争」との関連に対する関心が高められた。この関心は、作品の「現在」に最も近い戦争である日露戦争と、この作品との関連を探るという、現在における重要な観点を生み出した。

日露戦争との関連という観点から論じた論には、「現実の凱旋列車の到着が「午前十時三十分」の予定となっていることを思うと、この作品の到着予定時間が「午後二時四十五分」としてあるのは、いかにも現実離れした「天下の逸民」氏の出会いにふさわしい到着時間の設定であると言わねばなるまい。これでは将軍たちが宮中に参内・報告したあとの諸行事や兵士たちの移動に要する時間がでてこないのではないか[(5)]」と、歴史的事件としての新橋凱旋と、作品中の凱旋風景との相違を精緻に論じた、竹盛天雄の論がある。「凱旋の将軍を群衆越しに見るためにこれ程の滑稽な言い訳を尽くした語り手が先述の戦闘シーンを再現する視線は、まさに「風船」に乗り込んだ偵察者のものだ。高い視点を奪還する戦場の眼の欲望、それがこの太平楽な語り手にさえ転移してくる。(6)」と、軍事技術の革新によってもたらされた新たな知覚、という観点から論じた佐藤泉の論も、この流れに含めることができよう。

最近の論の傾向として、「余」を中心に論じた論が、増えてきたことが挙げられる。山崎甲一は、次のように述べている。

> 「余」にとっての盲点は、物事を「裏」や「奥」や「底」から見る視角がないという暗示であろう。庭の光景を描く作者は、その総体を視野に納めているが、「余」はその一部分しか見てはいない。物事の一局部しか眺めようとはしない「余」の感覚や思考の、その「裏」や「逆」の視点にこそむしろ、真相はあるということなのであろう。「余」の偏頗な感覚や思考に対する読者自身の相対的、複合的な視点は、この小説の構造上の文脈が終始要求する条件なのである。(7)

「余」と作者の視点の相違を指摘し、「余」を作者と直ちに重ね合わせる読みを批判している。その上で、「余」の視点とそれを描く作者の視点の両方を、視野に入れて読むべきであるとしている。

この論の中で、「余」の人物像について触れ、「余」を「物事の一局部しか眺めようとしない」「偏頗な」感覚や思考にとらわれた人間、としている。そして「余」がこのような感覚の持ち主になってしまった原因について、

「「余」の人並みの人間性というものが、「学者」という立場や身分や境遇やで、妙な方向へ捩ぢ曲げられ、歪められてしまうのである。[8]」と述べている。「余」は「人間性」という人格の根幹さえ、当時の「学者」という立場や身分や境遇」に強く拘束された存在である。このことを考えると、「知たり得顔に吹聴する理屈や説明[9]」ともとれる「趣味の遺伝」説を「学者としての強い自負に満ちた眼で[10]」、「余」がこの作品で説いた背景には、当時の「学者」の置かれていた「立場や身分や境遇」が、少々強引にでも「学問」「学者」の威信を世に示す必要があったからであると、考えることができよう。[11]

本論では「余」の一連の言動を、当時の学界や学者の威信誇示の必要性という観点から、日露戦争の報道にも触れつつ論じることにする。[12]

（二）

「余」は、人と待ち合わせた新橋駅で、この日が将士の凱旋の日であることを初めて知る。

約束をした人は中々来ん。少々退屈になつたから、少し外へ出て見様かと室の戸口をまたぐ途端に、脊広を着た髯のある男が擦れ違ひながら「もう直です二時四十五分ですから」と云つた。時計を見ると二時三十分だ、もう十五分すれば凱旋の将士が見られる。こんな機会は容易にない。序だからと云つては失礼かも知れんが実際余の様に図書館以外の空気をあまり吸つた事のない人間は態々歓迎の為めに新橋迄くる折もあるまい、丁度幸だ見て行かうと了見を定めた。

「余」が凱旋の日を知らなかったことについて、竹盛天雄は「凱旋する兵士と出迎えの人々とで雑踏する新橋駅に、しかも列車が到着しようという時刻に、まったく何も知らずに別の用事（待ち合せ）ででかけるなどということ自体、「余」という人物の特別な性格を物語るものといっていい。日露戦争の新橋凱旋といえば、国民的歴史的事件であり、新聞や号外による情報に一喜一憂した人々にとって、とりわけ関心の深いニュースであったにちがいない。[13]」と述べ、「特別な性格」つまり「余」個人に特有な性質として、彼の世情に対する非常な疎さを指摘している。

しかし、もう少し詳しく見て行くと、「余」は、人と待ち合わせしているのである。待ち合わせの相手も、「余」と同じように世情に疎い状況に置かれた人であるからこそ、この日のこの場所で会うことを約束しているのである。「余」と関わる人も、「余」と同じように世情に疎い、社会と関わりを持たない人なのである。このことは、「余」の置かれている社会的立場自体に、そのような要因を含んでいると考えるべきであることを示している。

ところで「余」は、「西片町に住む学者」であり、学界に身を置くものである。専門が何であるかについては、詳しくは述べられていないが、「迷亭の血筋をひく美学者か心理学者という格であろうか。[14][15]」という山崎甲一の説に従うことができる。また、老人が小野田帯刀の娘について話をしている場面で、老人が「――御存知はないかな、矢張り大學出だが――工学博士の小野田を」と述べていることから、老人は「余」が大学出であることを前提にして話を進めている。これらのことから、「余」は、文科大学卒業の美学者または心理学者であると考えられる。

「余」の置かれている学界と深い関わりを持つ学位制度は、明治五年の「学制」によって定められたが、その大体の内容は次のとおりである。「學位の稱號を分かちて、博士・學士・徳業士の三等とした。中學教科を卒業して大學に入り、一箇年修業の後及第したる者には、徳業士の稱號を與へ、大學に入りて一二學科（一學科とは化學・解剖學等の類）或いは四五學科を修むる者には、徳業士或は學士の稱號を與へ、大學科（大學科とは法科・醫科・理科・文科を云ふ）を卒業したる者には、學士の稱號を與へ、大學科成業のもので追々實地に研究し熟達したる者には、博士の稱號を與へる」ことになっていた。[16] 大学を卒業しなくとも徳業士という学位が与えられ、「大學科」を「卒業したる者」に与えられる「學士の稱號」は学位としてはっきりと認定されていた。その後明治二十年の「學位令」によって、「第一條　學位ハ博士及大博士ノ二等トス」[17] となった。これにより学士は、学位としての価値を失う。これについて、天野郁夫は次のように述べている。

明治二十年には「学位令」が出されるのだが、それによれば学位の種類は博士と大博士の二種とされ、学士は学位ではなく、大学卒業生が「称スルコトヲ得」る単なる「称号」になってしまった。つまりわが国の学位制度は、一握りの学術研究者だけを対象とする、直接学校制度とかかわりのないものになってしまったのである。同じ学士号でも、学位であれば公共性・社会性をもつが、単なる称号となれば私的な性格が強くなる。[18]

学位は、「直接学校制度とかかわりのないもの」つまり、具体的な社会制度と密接に結び付いた資格とはならなかった。言い換えれば、それ自体が社会的な効用を持つものではなかったのである。このことは一般の人々が、学位の対象となる「一握りの学術研究者」を、社会的に有用な存在として認知することを難しくさせた。加えて、この作品の発表された明治三十九年一月には、「アカデミズムによる学術を、国家の名において権威づける」[19]帝国学士院はまだ設置されていない時期であった。[20]

学術、つまり高度の「学問」の担い手である「学者」は国家の権力の後ろ盾もなく、社会的に有用な存在としても認められていない、権威の基盤を欠いた存在であったのである。作品中の、「余の如く書物と睨めくらをして居るものは無論入らぬ」の言葉に示されるように、「余」を含めた「学者」が具体的な社会制度の中で、自らや自らの専門とする高度の「学問」の有用性や権威を、一般の人々に認めさせることは難しかった。社会において有用な存在でないゆえに、「余」を含めた「学者」は社会と有機的な関わりを要請されることもなく、「書斎以外に如何なる出来事が起るか知らんでも済む」ことが可能な立場に置かれてしまったのである。

さらに「余」の卒業した「大学」、つまり帝国大学の性格について、先に引用した天野郁夫は次のように述べている。

その学部・学科構成から明らかなように、帝国大学に期待された役割はなによりも産業化の担い手となる各種の専門的職業人や官僚の養成にあった。専門学校でも、官立校の目的は帝国大学以上に、実用的な職業人養成のための専門教育におかれていた。しかし私立専門学校はそうではない。私学のほとんどは法・経・商・文などの、いわゆる文科系の学校であり、そこにやってくる学生の多くも、官学の場合のように、専門教育を職業に結び付け、社会的な上昇移動の手段としようとするものではなかった。[21]

「余」の専門とする美学または心理学は、「産業化の担い手となる各種の専門的職業人や官僚の養成」の目的に寄与しない、帝国大学の性格になじまないものであった。特に「余」は、「工学博士の小野田」とは異なり、学士が学位でない以上、何の称号も有しない。「余」は、学界の中で確固とした権威を持たない存在であった。また、「余」が専門とするような、文科系の教育を主に担っていたのは、私立専門学校である。[22]「大学出」の「余」は、この点からも少数派である。逆に言えば、「余」のような「大学出」の、美学または心理学の専攻者こそ、特に自らや自らの専門とする、高度の「学問」の有用性や権威を示す必要に迫られていたのである。

（二）

「平生戦争の事は新聞で読まんでもない」と述べているように、「余」は日露戦争に関する情報を新聞から得ていた。当時の新聞報道について、紅野謙介は次のように述べている。

戦争は一瞬にして無名人を「名のある」存在としての有名人に変える。そのように思わせた最大の貢献者は、新聞雑報欄だった。ふだんは刃傷沙汰や殺人、強盗など犯罪事件にからんだ記事でうめつくされていた雑報欄は、開戦後、新聞各紙の地方性をいかして各地の戦死者たちの物語を掲載していった。『大阪朝日』の雑報記事の見出しも、事件そのものを端的に示すものから、戦死者の名を添えて明示するものに変わる。事件報道における名が実は読者にとって交換可能な任意のものにほかならないのに対して、戦死者報道は名を入り口にして物語に誘ったのである。[23]

戦死者報道は、単なる事実の報道から、より物語性の強い情報へと、新聞報道の性質を変えた。「大阪朝日」ではないが、「萬朝報」明治三十七年四月八日（第二版）には、「時局の裏面軍人の話」の欄に、「西郷《さいかう》一家《け》の従《じう》軍《ぐん》」と題した記事が掲載されている。それには「（略）故《こ》元帥《げんすゐ》末《び》亡人《ぼうじん》阿《お》清《せい》ハ日々《にちく》夜々《やゝ》に四子《し》の事《こと》を思《おも》ひやりてハ亡《な》き良人《つま》を忍《しの》び揃《そろ》ひも揃《そろ》ふて今回《こんくわい》の戰場《せんぢやう》に臨《のぞ》みて天晴《あつぱれ》國《くに》のために生命《いのち》を失《うしな》ふ事《こと》ありとも其《そ》れこそ此《こ》上《よ》なき手向《たむけ》ともならめと雄々《をゝ》しくも家人《かにん》親戚《しんせき》を励《はげ》まし立て恤兵《じゆつぺい》の事《こと》などに心《こゝろ》を盡《つく》し居《を》るといふ」とあり、夫を戦争で亡くし、四人の子供も戦地に送った母親のことが実名入りで記されており、「故《こ》元帥《げんすゐ》末《び》亡人《ぼうじん》阿《お》清《せい》」という名を通して、懸命に夫と息子のいない家を守り、戦地の兵士のために心を砕く女性の物語へと、読者を誘う内容となっている。このような軍人をめぐる物語は、連日のように新聞を飾った。[24] 日露戦争という特定の出来事に対して、このような物語性に富んだ新聞記事が繰り返されたことは、日露戦争を「物語」、ひいては「文学」の持つ力を誇示した事件として、人々に認識させる結果をもたらした。

さらに、日露戦争、新聞報道と「物語」、「文学」との緊密な結び付きを、端的に示したものに、戦争に関する「小説的想像文」の募集が挙げられよう。先に引用した「萬朝報」明治三十七年四月八日（第二版）には、次のような「戰争に關せる小説的想像文を募集す」（傍点原文）の記事が掲載されている。

日露《にちろ》戰争《せんさう》に關《くわん》する新聞紙《しんぶんし》の記事《きじ》を材料《ざいれう》として、活動《くわつどう》の表面《へうめん》より或《あるひ》ハ人情《にんじやう》の裏面《りめん》より、時局《じきよく》を小説的《せうせつてき》に描寫《べうしや》したる想像文《さうぐぶん》を募集《ぼしふ》す但《たゞ》し左記《さき》の規約《きやく》に依《よ》るべし

（一）二十字詰《じづめ》一百行《ひやくぎやうい》以下《か》に限る（二）投稿の表面にハ必ず想像文と朱書する事（三）賞金《しやうきん》ハ一等金《とうきん》五圓《ゑん》、

二等金《とうきん》三圓《ゑん》とす（四）一週間《しうかん》一回《くわい》以上發表《はつぺう》すべし

「余」のような内地にいる人間が、戦争の情報を得るのには、新聞に頼らざるを得ない。日露戦争を「物語」、「文学」の持つ力を見せしめる事件として、人々に認識させた新聞報道の影響は、大きかったと言えよう。

新聞報道以外に戦争を知らない「余」は、「怖い事だと例の通り空想に耽りながらいつしか新橋へ来」、目の前の行列が凱旋の将士を待つ人の群れであることを知る。

はゝあ歓迎だと始めて気が付いて見ると、先刻の異装紳士も何となく立派に見える様な気がする。のみならず戦争を狂神の所為の様に考へたり、軍人を犬に食はれに戦地へ行く様に想像したのが急に気の毒になつて来た。

「余」は、詩想と歓迎する人々との格差によって、「戦争」や「軍人」の認識を修正する必要にせまられる。「余」が、凱旋将士の歓迎に出会って新たに得た、「戦争」や「軍人」に対する認識は、「余」の戦争に関する詩想を否定することを伴っている。後の将軍を見る場面においても同様に、

又其状況は詩的に想像せんでもない。然し想像はどこ迄も想像で新聞は横から見ても縦から見ても紙片に過ぎぬ。だからいくら戦争が続いても戦争らしい感じがしない。其気楽な人間が不図停車場に紛れ込んで第一に眼に映じたのが日に焦けた顔と霜に染つた髯である。

と、「戦争」の結果として、目前の将軍の姿を認識することは、戦争の状況に関する「余」の「詩的」な「想像」を、容赦なく打ち砕く。凱旋将士の歓迎や軍曹の姿を、実際に見ることによる、「戦争」「軍人」の認識は、「余」の「詩想」、「詩的」な「想像」を、無残に打ち砕くものであった。同時にそれは「余」にとって、己の「詩的」な「想像」の力の貧困さを、心に刻み付ける出来事であった。実際「余」は、この後で浩さんについて語るが、「とにかく此の混乱のうちに少しなりとも人の注意を惹くに足る働をするものを浩さんにしたい。」という強引とも言える、懸命の努力にかかわらず、「浩さんがしきりに旗を振つた所はよかつたが、濠の底では、ほかの兵士と同じ様に冷たくなつて死んで居たさうだ。」と、浩さんを英雄として語ることに失敗している。そして、「悼亡の句抔は出来る柄でない。文才があれば平生の交際を其儘記述して雑誌にでも投書するが此筆では夫も駄目と。」文才のなさを改めて認識し、「物語」「文学」に対する、自らの無力さを痛感した。

新聞報道と、実際に見た出来事によって「余」は、日露戦争をなによりも、「物語」「文学」における己の無力さを認識させる出来事として捉えたのである。同時に「文学」に対する自らの無力さは、「学者」という立場や身分や境遇」に強く拘束された「余」には、「学問」の、「物語」「文学」に対する無力として感じられたのである。

(四)

「文学」における己の無力さを認識した「余」は、文学によらない方法で、浩さんを弔おうと墓参りに出かけ、墓のある寂光院で美しい女性に出会う。その周りの風景と調和した美しさを、「余」は「死したる人の名を彫む死したる石塔と、花の様な佳人とが融和して一団の気と流れて円熟無礙の一種の感動を余の神経に伝へたのである。」と述べる。その後で「余」は、次のように付け加える。

斯んな無理を聞かせられる読者は定めて承知すまい。これは文士の嘘言だと笑ふ者さへあらう。然し事実はうそでも事実である。文士だらうが不文士だらうが書いた事は書いた通り懸価のない所をかいたのである。もし文士がわるければ断つて置く。余は文士ではない、西片町に住む学者だ。

「文学」における己の無力さを認識している「余」は、自分の語りを物語性に富んだものとして、自信をもって読者に示すことができない。言い換えれば、自らを物語性に富んだ語りのできる「文士」としては、出来の悪い人間であるとし、「文士」の語りとしては、まずい語りしかできていないとしているのである。「文士の嘘言だと笑ふ者さへあらう」というのは、その言い訳である。

しかし、語りがまずくとも、語る内容の真偽には関係しない。また語りがまずいというのは、物語性に富んだ「文士」の語りという基準に照らし合わせて得られた判断である。「余」は、そのことに目をつけ「文士だらうが不文士だらうが」と、語りの出来不出来の判断基準である「文士」という語りの価値基準を否定した。さらに彼は、「事実はうそでも事実である」「書いた事は書いた通り懸価のない所をかいたのである。」と語り方よりも、語る内容の真実性が重要であることを強調したのである。そのことは同時に、物語性に富んだ「文士」の語りという価値基準を否定し、語る内容の真実性という新しい価値基準を打ち立てることでもあった。「余は文士ではない、西片町に住む学者だ」の言は、まさにこの新しい価値基準の宣言であり、「文士」に対する〝学者〟とは、語る内容の真実性を、価値基準とする者のことである。

　この後の「余」は、この価値基準に従っていく。

> 白状して云ふと、余は此時浩さんの事も、御母さんの事も考へて居なかつた。只あの不思議な女の素性と浩さんとの関係が知りたいので頭の中は一杯になつて居る。此日に於ける余は平生の様な同情的動物ではない。全く冷静な好奇獣とも称すべき代物に化して居た。

　これはあまりにも忠実に、内容の真実性という価値基準に従い、自らの語る内容の真実性を保証することを、最優先させてしまった結果である。また、御母さんに見せてもらった浩さんの日記を、「只有の儘を有の儘に写して居る所が大に気に入つた。」とことのほか評価しているのは、語る内容の真実性という「余」の、語りの価値基準に合致しているからである。

　この段階では「余」はまだ、新しく打ち立てた、語る内容の真実性という価値基準を、あれほど自分の無力さを思い知らされた「文学」に、真っ向から立ち向かうものと位置づける確証がもてなかった。それゆえに、語る内容の真実性の保証を最優先させながら、「どうしても小説だ。然し小説に近い丈何だか不自然である」と、「小説」という「文学」の圧迫を感じ、「然し是から事件の真相を究めて、全体の成行が明瞭になりさへすれば此不自然も自づと消滅する訳だ」と、その圧迫の解消を、語る内容の真実性の追究の成り行きに漠然と任せているのである。そして、圧迫から解消されない原因を「元来品位を重んじ過ぎたり、あまり高尚にすると、得てこんな事になるものだ。」と、自分の行動力のなさに転嫁さえしている。

「余」に突然の転機が訪れる。「近頃余の調べて居る事項は遺伝と云ふ大問題である。」と述べているように、以前から「余」が「学者」の立場で調べていた遺伝と、「余」がこれまで、語る内容の真実性の保証という目的のもとで追求してきた、浩さんと寂光院の女との関係が結び付いた。そして二人の関係が「遺伝で解けば屹度解ける」という確信を持った。

単に自分の好奇心を満足させる許ではない。目下研究の学問に対して尤も興味ある材料を給与する貢献的事業になる。こう態度が変化すると、精神が急に爽快になる。今迄は犬だか、探偵だか余程下等なものに零落した様な感じで、夫が為脳中不愉快の度を大分高めて居たが、此仮定から出立すれば正々堂々たる者だ。学問上の研究の領分に属すべき事柄である。少しも疚ましい事はないと思ひ返した。

もともと「余」は、「学者という立場や身分や境遇」に強く拘束された存在であり、自分が「学者」であるという位置づけは、疑うべくもなかった。この絶対的な確信をもった立場と、物語性に富んだ「文士」の語りに対する、語る内容の真実性に重きをおく〝学者〟の語りとが、遺伝によって結び付いたのである。これによって、語る内容の真実性に重点を置く〝学者〟の語りは、「学者という立場や身分や境遇」という強力な後ろ盾を得ることとなった。〝学者〟の語りは、まさに「学者」の語りとなったのである。「自宅の渋柿は八百屋から買つた林檎より旨いものだ。」という「余」の言は、強力な後ろ盾を得た「学者」の語りに対する自信の表れであった。「学者という立場や身分や境遇」と後ろ盾を得た、語る内容の真実性に重点をおく「学者」の語りは、それに対抗する、物語性に富んだ「文士」の語りと結び付いた「文学」に対抗する強力な武器となった。以後の「余」は、これまでの「学問」の「物語」「文学」に対する無力さの認識をはねのけ、「文学」に対する「学問」の優位性を誇示すべく、「学者」の語りによる、浩さんと寂光院の女の関係の説明づけに励む。

　二十世紀の人間は散文的である。一寸見てすぐ惚れる様な男女を捕へて軽薄と云ふ、小説だと云ふ、そんな馬鹿があるものかと云ふ。馬鹿でも何でも事実は曲げる訳には行かぬ、逆かさにする訳にもならん。不思議な現象に逢はぬ前なら兎に角、逢ふた後にも、そんな事があるものかと冷淡に看過するのは、看過するものゝ方が馬鹿だ。斯様に学問的に研究的に調べて見れば、ある程度は二十世紀を満足せしむるに足る位の説明はつくのである。

浩さんと寂光院の女の関係は、「小説」という、物語性に富む「文士」の語りにはなじまない。なぜなら「文士」の語りは、語りの内容の事実性を重んじないからである。二人の関係が「事実」である以上、二人の関係を語るには語りの内容の事実性を重んずる「学者」の語りの方が優れている。と、言うのが「余」の言い分である。[25]これは、「文士」の語りに対する「学者」の語りの、ひいては「文学」に対する「学問」の優位性の、高らかな宣言である。

　この作品の中心をなす「余」の語りは、日露戦争によって認識した「物語」「文学」の力に対する、「学問」の無力さを打破し、「学問」の優位性を、世に誇示するものであった。ゆえに「新橋で軍隊の歓迎を見て、其感慨から浩さんの事を追想して、夫から寂光院の不可思議な現象に逢つて其現象が学問上から考へて相当の説明がつくと云ふ道行きが読者の心に合点出来れば此一篇の主意は済んだのであ」り、「急にがつかりして書き続ける元気がなくなつた。」のである。

　しかし、実際にはこの後も「余」の語りは続くのである。この稿の締めくくりとして作品最後の「余は此両人の睦まじき様を目撃する度に、将軍を見た時よりも、軍曹を見た時よりも、清き涼しき涙を流す。博士は何も知らぬらしい。」の意味について述べることにしたい。

　将軍や軍曹を見て得られた「戦争」や「軍人」に対する認識は、「余」の「詩想」を無残に打ち砕くことを伴うものであり、同時に「学問」の「物語」「文学」に対する無力を認識する出来事でもあった。だが、この時点では、浩さんと寂光院の女とを趣味の遺伝によって結び付けることにより、「余」自身の力でこの無力は克服されている。二人の結び付きは「余」の趣味の遺伝説によって得られたものであり、この二人の姿は「余」にとって、自らが成し遂げた「文学」に対する「学問」の無力の克服の象徴なのである。ゆえに「余」は、この二人の姿を感慨をもって眺め、将軍や軍曹を見たときよりも「清き涼しき涙を流す。」のである。また、「学問」については何でも知っているはずの「博士」の知らないところで、学位もない「余」が、「学問」の優位性を世に示したという、「余」のひそかな自負を表しているのである。

注

（1）越智治雄「漱石の初期短編（承前）」（「國文學　解釈と教材の研究」昭和四十五年八月　學燈社）
（2）秋山公男「『漾虚集』の基層」（「愛知大學文學論叢」平成四年三月　愛知大學文學會）
（3）駒尺喜美「漱石における厭戦文学―「趣味の遺伝」―」（「日本文学」昭和四十七年六月　日本文学協会編集・未

来社刊）
（4）大岡昇平「戦争と愛と—続・『趣味の遺伝』をめぐって—」（「世界」昭和四十八年二月　岩波書店）
（5）竹盛天雄「『吾輩は猫である』と『漾虚集』と—『趣味の遺伝』・「天下の逸民」という語り手」（「國文學　解釈と教材の研究」平成元年五月　學燈社）
（6）佐藤泉「『趣味の遺伝』—旅順上空、三次元の眼について」（「國文學　解釈と教材の研究」一月臨時増刊号　平成六年一月　學燈社）
（7）山崎甲一「写すわれと写さるる彼—「趣味の遺伝」のこと」（「鶴見大学紀要」昭和六十一年三月　鶴見大学）
（8）前掲注（7）
（9）前掲注（7）
（10）前掲注（7）
（11）「余」を中心に論じたものとして、語りの観点から、「余」の「寂光院の女」に対する恋情について述べた、谷口基の論がある。「谷口基「趣味の遺伝」試論—もうひとつの〈未了の恋〉—」（「立教大学日本文学」平成二年七月　立教大学日本文学会）
（12）研究史の観点から、ウォッツ・ダントンの『エイルウイン』の影響を指摘した、斎藤恵子「『趣味の遺伝』の世界」（「比較文學研究」昭和四十八年九月　東大比較文学會）のような、比較文学的研究もなされていることを付け加えておく。
（13）前掲注（5）
（14）前掲注（7）
（15）竹盛天雄も、「余」について次のように述べ、「『猫』の苦沙弥や迷亭・寒月とほぼ共通の生活圏にいる語り手が、つまり「余」なのである。」（前掲　竹盛天雄「『吾輩は猫である』と『漾虚集』と—『趣味の遺伝』・「天下の逸民」という語り手—」）「余」と迷亭の同質性を指摘している。
（16）『學制五十年史』（大正十一年十月　文部省）カッコ内は原文。
（17）「官報」第千百六拾六號　明治二十年五月二十一日　内閣官報局

(18) 天野郁夫『教育と選抜』教育学大全集5 昭和五十七年八月 第一法規出版 p. 103

(19) 小森陽一「近代読者論―近代国民国家と活字を読む者」(『文学と芸術の社会学』岩波講座現代社会学第8巻 平成八年九月 岩波書店 p. 123)

(20) 「官報」第六千八百八拾五號(明治三十九年六月十三日 印刷局)に、「勅令第百四拾九號/帝國學士院規定/第一條 帝國学士院ハ文部大臣ノ管理ニ屬シ學術ノ發達ヲ圖リ教化ヲ裨補スルヲ以テ目的トス」とある。

(21) 前掲注(18) pp. 143 ~ 144

(22) 『日本帝國文部省第三十三年報 自明治三十八年至明治三十九年 下巻』(明治四十年三月 文部大臣官房文書課)によると、明治三十八年度の帝国大学全体の学生生徒は、外国人も含めて5、821人である。一方同年度の、私立の「文學ニ関スル専門學校」の生徒は外国人も含めて1、782人である。帝国大学生全体との比較であるから、いかに広義の「文學」を学ぶもののうちで、私立の専門学校生の割合が高かったかの一例を、見ることができよう。

(23) 紅野謙介「戦争報道と〈作者探し〉の物語―『大阪朝日新聞』懸賞小説をめぐって―」(「文学」一九九四年夏 平成六年四月 岩波書店)

(24) この前日の「萬朝報」明治三十七年四月七日(第二版)にも、同じ「時局の裏面軍人の話」の欄に、「三笠艦長大佐伊《い》知《ち》地《ゝ》彦《ひこ》次《じ》郎《らう》」と題した記事が、大佐の絵入りで掲載されている。

(25) 鈴木醇爾は、「第三章では、真と美との重ねあわせを、自然なものとするために、科学的な真がつげられる。それが趣味の遺伝である。こうして、揮真文学としての「趣味の遺伝」は完成されたのである。」としている。(鈴木醇爾「「趣味の遺伝」について―漱石における揮真文学への方法的模索―」(「国文学ノート」昭和五十四年二月 成城短期大学国文学研究室) ここには「趣味の遺伝」を、「科学的な真」つまり事実性の尊重によるもの、とする見方が示されていると言えよう。

第三章　作品構造から作品内容へ

一　「琴のそら音」

――「余」が見た「幽霊」は何をもたらしたか――

（一）

夏目漱石「琴のそら音」は、明治三十八年五月、小山内薫の主宰する雑誌「七人」に、「夏目嗽石」の筆名で掲載された。その後、明治三十九年五月『漾虚集』（大倉書店・服部書店刊）に収録された。『漾虚集』に収録されたことから、独立した一作品としてよりは『漾虚集』の一部として論じられることの多い作品である。

「「琴のそら音」は、『漾虚集』の中では比較的性格の弱い、いわば間奏曲的作品であり、『猫』四も、「続々篇」ではじまった、実業家金田糾弾、金力批判が展開されるが、苦沙弥の旧友で、今は金田家の走狗となった鈴木藤十郎なる人物の登場に新味があるだけで、「続々篇に比すれば、特別に作者の感情の起伏も見られない。」と、同時期に書かれた『吾輩は猫である』と関連させて、『漾虚集』の個々の作品の位置付けを論じた内田道雄の論[1]は、そのような論の一つである。

また、「超現実的系列の作品には作者の現実感覚が深く滲透しているように、現実的系列の作品には神秘的な超現実的志向が強く流入している。[2]」と、『漾虚集』の作品を「超現実的系列」と「現実的系列」に分け、その二つの交錯として作品を捉え、その例として、「琴のそら音」を挙げ、「「琴のそら音」の表の主題は、魂の感応の問題を白昼の光の下に引き出して「笑ひ」によって否定するという構造になっているが、狸を引き合いに出すその否定のし方は、浅薄で卑俗であり、「春」の色調で染められたハッピーエンドはいかにも軽い。[3]」と述べている相原和邦の論も、『漾虚集』の中における「琴のそら音」の位置付けを論じた論に含まれる。

二つの論に共通しているのは、「琴のそら音」に対して、積極的な評価がなされていないことであり、『漾虚集』に含まれる一作品として捉える立場からは、「琴のそら音」は積極的な評価がなされなかったと言えよう。

これらの論に対して、「琴のそら音」を独立した一作品として論じたものとしては、太田三郎「夏目漱石「琴のそら音」とその背景[4]」が、早い時期のものとして挙げられる。

漱石が超自然的な現象を信じていたとはおもえない。「琴のそら音」という作品の題名は実体なきものをあらわす象徴的なつけかたであるし、狸の話で余の心理の動きは理論的に説明されてしまっている。ただサスペンスをおく手法は漱石が晩年の作品にまで用いつづけたところである。漱石の文学にたいする態度の根本がそこにみえているといってよかろう。

太田三郎は「夏目漱石「琴のそら音」とその背景」の中でこのように述べ、晩年の作品にも用いられているサスペンスを置く手法が、すでに用いられている作品としてこの作品を評価している。この作品については、近年になってようやく、赤井恵子「『琴のそら音』論―法学士の言う「常識」とは?[5]」や、山崎甲一「漱石「琴のそら音」―出過ぎた洋燈の穂、幽霊論[6]」、谷口基「「琴のそら音」論―その構造に潜むもの[7]」などの、「琴のそら音」を

『漾虚集』から独立した一作品として、正面から論じた論が出揃いつつある。

ところで、「琴のそら音」において主に描かれているのは、「余」の幽霊体験である。また、その前の津田君の話の中にも、死ぬ前に鏡の中に姿を現した軍人の妻の話が語られている。この作品において「幽霊」は重要な位置を占めている。この幽霊に関しては、「津田君は、K君のこの心的系路を四段にわけて説明して居る。（一）類推。（二）連想。（三）幻覺。（四）自覺。」と、筆者が津田君に仮託して「心的系路」を分析した同時代評（眞多樓「七人（七）琴のそら音（夏目嗽石《ママ》）」「帝國文學」明治三十八年六月）において、早くも論じられている。

「余」の心理状態については、この同時代評で説明がついてしまったとされているのか、その後の、この作品における「幽霊」に関する見解を見ていくと、漱石が明治二十五年五月に発表した「催眠術」と関連づけ、「この翻訳文は学生時代のものであるが、漱石の頭の中に残っていたとおもえる。「琴のそら音」においてもその根本は自己催眠である。」とする太田三郎[8]、「「琴のそら音」の場合、漱石が「読んで見」て「種々の暗示」を得たのは、普通の意味での「小説」ではなくてラングの『夢と幽霊』だったことは、疑うべくもないのである。」とラングの『夢と幽霊』の影響を指摘する塚本利明[9]、「余」が露子の幻を見る場面に「このあたり、「怪談牡丹灯籠」を頭においていることは、許婚の名をわざわざ「露子」としていることでも明らかである。」と、落語の影響を見ている水川隆夫[10]のように、もっぱら影響関係の指摘がなされてきた。

このような観点に加えて、「余」の「幽霊」体験を考えるにあたっては、もう一つ観点を必要とする。それは、当事者の「余」にとって「幽霊」体験がどのような意味をもったものであったか、である。また、「余」の幽霊体験を津田君も「余」の話として聞いていることから、津田君における「余」の幽霊体験の意味も合わせて考える必要があると考え、「余」と津田君の人物形象を考慮に入れつつ、本論で考察を加えて行くことにする。さらに、「余」と津田君の友人関係に対して、「余」の幽霊体験の果たした役割についても、考察を加えて行くことにしたい。

（二）

津田君の人物形象を、彼の言葉の面から考えていくことにする。仕事が忙しく「僕も気楽に幽霊でも研究して見たいが」できない「余」に対して、津田君は「幽霊を研究する」立場にある。「余」と津田君はこの点において明らかに異なる。このことは、津田君の人物形象について考えるにあたって、手掛かりを与えてくれよう。次に引用するのは、津田君の言葉とそれに対する「余」の心情である。

「夫でも主人さ。是が俺のうちだと思へば何となく愉快だらう。所有と云ふ事と愛惜といふ事は大抵の場合に於て伴なうのが原則だから」と津田君は心理学的に人の心を説明して呉れる。学者と云ふものは頼みもせぬ事を一々説明してくれる者である。（傍点原文）

津田君は「学者」と位置づけられている。さらに、「学者と云ふものは頼みもせぬことを一々説明してくれる者である。」とされている。「頼みもせぬ事を一々説明する」とは、相手の必要としている知識を与えるために説明するのではなく、説明することそのものが目的になっている状態である。このことは、津田君が「学者」であるのは、説明することが自己目的化していることを特徴とする、特殊な説明づけの方法を所有しているからであることを示している。逆に言えば、その説明づけの方法の所有によって、津田君は「学者」と位置づけられるのである。

その特殊な説明づけの方法が向かう対象が、津田君の場合は幽霊である。ここで挙げられているのは、「必ず魂魄丈は御傍へ行つて、もう一遍御目に懸ります」と言っていた細君の姿が、死ぬときに戦場にいる夫の鏡に「青白い細君の病気に窶れた姿がスーとあらはれた」という、人間が死ぬ前に、その人の姿が離れている人の所に現れるという現象である。津田君は次のように述べている。

「こゝにもそんな事を書いた本があるがね」と津田君は先刻の書物を机の上から取り卸しながら「近頃ぢや、有り得ると云ふ事丈は証明されさうだよ」と落ち付き払つて答へる。

また、次のようにも述べている。

「あゝ、つまりそこへ帰着するのさ。それに此本にも例が沢山あるがね、其内でロード、ブローアムの見た幽霊杯は今の話しと丸で同じ場合に属するものだ。中々面白い。君ブローアムは知つて居るだらう」

机の上にあった本の内容と関連させる形で、軍人の妻の幽霊に関して、津田君独自の自己目的化した説明を繰り広げていく。ここで「同じ場合に属する」と津田君によって、説明されている「ロード・ブローアムの見た幽霊」について、塚本利明氏の詳細な研究がある。

漱石がブローアム卿の見た「幽霊」としたのは、正確には“wraiths”のことなのである。では、wraithとは何か。研究社の『新英和大辞典』（一九八〇）によれば、この語はまず「(人の臨終前後に現われるというその人自身の）生霊」を意味し、なお一般に「亡霊、幽霊」の意味にもなる。やゝ詳しく言えば、ある人間のwraithとは、通常「離れたところにいる人々に現われて、その人が間もなく死ぬことを予告する」（Brewer's Dictionary of Phrase and Fable, 1963）ものである。[11]

津田君は、鏡に現れた妻の姿を“wraith”であると説明しているのである。さらにこの“wraith”を、彼は次のように説明している。

「遠い距離に於てある人の脳の細胞と、他の人の細胞が感じて一種の化学的変化を起すと……」

“wraith”は、「(人の臨終前後に現われるというその人自身の）生霊」、「離れたところにいる人々に現われて、その人が間もなく死ぬことを予告する」ものである以上、その出現には、「現れる人の死」という要素が必ず伴うものである。だが、この「ある人の脳の細胞と、他の人の細胞が感じて一種の化学的変化を起す」という津田君の説明では、「現れる人の死」という要素は重要視されていない。むしろ、細胞と細胞が「感じる」ことによって現象が起きるわけであるから、細胞が生きた状態である必要がある。ゆえに、津田君の説明に従えば、細胞の持ち主が瀕死であるよりは、元気な方がより現象は起きる、ということになる。

津田君を「学者」と位置づける、彼が所有する自己目的化した説明づけの方法の全体がここで明らかとなった。まとめればそれは、「ある人の姿が、離れている人の所に現れるという現象を、“wraith”生霊と位置づけ、それを「脳の細胞」の「化学的変化」に置き換えること。」である。この自己目的化した説明づけの方法は、津田君が「研究」の途上にある以上、完成したものではないであろう。しかし、この説明づけの方法を自ら所有し、それを完成させる努力をすることが、「学者」「文学士」として、津田君を位置づけさせている。(12) ゆえに、逆に言えば、この自己目的化した説明づけの方法全体は、「学者」「文学士」以外の人々には閉ざされたもの、「秘密」となっているものでもある。

このような説明づけの方法を所有することが、当時は「学者」にふさわしいことであった。次に引用するのは、一柳廣孝の論である。

> 欧米では現在、続々と心霊学に関する学会が成立し、そこでは「霊魂の実在と其の不滅」の客観的説明が試みられているとして、二十世紀の学問の第一の問題は「心霊」であると主張した黒岩涙香らの言説が象徴するように、催眠術などによって生じた不可思議な精神現象を説明し得る「学」＝従来の「科学」の枠を越える新「科学」として、心霊学は受容されるのである。こうして明治四〇年前後には、「哲学雑誌」「丁酉倫理会倫理講演集」などアカデミズム関係の雑誌や、渋江保、平井金三、高橋五郎らの著作を媒介にして、次々に欧米の心霊学研究の成果がリアルタイムでもたらされることになる。(13)

明治四十年前後には、「従来の「科学」の枠を越える新「科学」として、心霊学は受容され」ていたことが述べられている。津田君が、彼の自己目的化した説明づけの方法を所有していることが、彼を「学者」「文学士」として位置づけるものであることは、前に述べたが、このような当時のアカデミズムの潮流という背景があって初めて、「学者」「文学士」という津田君の位置づけが可能となるのである。

（三）

「文学士」である津田君に対して、「余」は、自らを「余は法学士である。」と自己規定している。

余は法学士である、刻下の事件を有の儘に見て常識で捌いて行くより外に思慮を廻らすのは能はざるよりも寧ろ好まざる所である。幽霊だ、祟だ、因縁だ抔と雲を攫む様な事を考へるのは一番嫌である。

「法学士」という「余」の自己規定と、「刻下の事件を有の儘に見て常識で捌いて行く」という、物事の説明づけの方法とが、分かちがたく結び付いている。言い換えると、「余」が、「法学士」である、という自己規定を可能にしているのが、この「余」の物事の意味付けの方法である。また、「余」は次のようにも述べている。

「僕は法学士だから、そんな事を聞いても分らん。要するにさう云ふ事は理論上あり得るんだね」余の如き頭脳不透明なるものは理窟を承るより結論丈呑み込んで置く方が簡便である。

彼の物事の説明づけの方法に特有なのは、結論を物事の説明づけの象徴としていることである。このことは、逆に言えば、結論が分からなければ物事が説明づけられない、ということになる。結論が分からなければ、それまでに起こった出来事は、「余」の中で意味付けられず、不安定な宙吊りの状態になる。次の文はこのことをよく示している。

細い針は根迄這入る、低くても透る声は骨に答へるのであらう。碧瑠璃の大空に瞳程な黒き点をはたと打たれた様な心持ちである。消えて失せるか、溶けて流れるか、武庫山卸しにならぬとも限らぬ。此瞳程な点の運命は是から津田君の説明で決せられるのである。

「此瞳程な点の運命は是から津田君の説明で決せられるのである。」と述べられているが、津田君の話が終わるまで、「余」の中で、「瞳程な黒き点」は意味付けられないまま、不安定な状態でありつづけるのである。「余」の説明づけの方法と関連して、「余」の使う言葉の特徴を考えてみると、「余」は、「幽霊だ、祟だ、因縁だ抔と雲を攫む様な事を考へるのは一番嫌である。」「実を云ふと幽霊と雲助は維新以来永久癈業したものとのみ信じて居たのである。」とあるように、自分の述べる言葉としては、「幽霊」という言葉を、極力排除していることが挙げられる。この排除は、「余」の「法学士」としての自負を伴った自己規定、さらに、「維新後」の新しい世界を生きるものとしての、自負の念に基づくものである。

「こゝにもそんな事を書いた本があるがね」と津田君は先刻の書物を机の上から取り卸しながら「近頃ぢ

や、有り得ると云ふ事丈は証明されさうだよ」と落ち付き払つて答へる。法学士の知らぬ間に心理学者の方では幽霊を再興して居るなと思ふと幽霊も愈馬鹿に出来なくなる。知らぬ事には口が出せぬ、知らぬは無能力である。幽霊に関しては法学士は文学士に盲従しなければならぬと思ふ。

この自負の念に基づく「幽霊」という言葉の排除が、津田君の幽霊に関する自己目的化した説明づけの方法によって、単なる「幽霊」に対する無知へとおとしめられてしまう。また、津田君の自己目的化した説明づけの方法は、「文学士」以外の人間には、その全体は閉ざされている、つまり「秘密」とされているがゆえに、津田君が意図しないまでも「自慢と相手をやっつけるための形式的な手段として述べられる」(14)効果を発揮している。その結果、「余」は、「知らぬ事には口が出せぬ、知らぬは無能力である。幽霊に関しては法学士は文学士に盲従しなければならぬと思ふ。」と、「法学士」という自己規定と、それと密接に結び付く、結論を物事の説明づけの象徴とする、「余」の説明づけの方法の妥当性も、揺るがされたのである。さらには、相手への全面的依存を考えるほど、自己の独立性自体が揺るがされてしまったのである。

ところで、この二人の人間関係は、どのように特色づけられるのであろうか。二人は、「津田君と余は大学へ入つてから科は違ふたが、高等学校では同じ組に居た事もある。」という間柄であり、学校を出た現在も、下宿を訪れていることから、この二人は一般的な意味で「友人」であるといえよう。このことについて、谷口基の論の中で、触れられている。

津田君の余裕ある学究生活、その言動や下宿のたたずまいが醸し出すアカデミックな空気。〈余〉も遠からぬ過去、同じ空気の中で呼吸してきた人間である。彼が卒業以来頻々と親友の下宿を訪ねていたとすれば、それは過去の空気を懐しんでのことであろう。現在の津田君が纏う空気には、〈余〉が生を営む現在とは異なる懐しい世界の匂いがある。(15)

懐かしい過去の空気をもたらすという役割を果たす人間として、「余」は津田君を位置づけている。「余」にとっては、津田君の関係はこの役割によって規定されている。このように、役割分担された友人関係について、ジンメルは次のように述べている。

この分化した友人関係は、われわれをある人間とは感情の側面において、他のある人間とは精神的な共同から、第三の人間とは宗教的な衝動のために、そして第四の人間とは共通な体験によって結合させるが、この友人関係は配慮の問題にかんして、自己顕示と自己黙秘にかんして、まったく独特の結合をあらわす。それが要求するのは、友人がまったくその関係に含まれていない関心領域と感情領域をたがいにのぞき込まず、したがってそれにふれることは、相互的な理解の限界を苦痛と感じさせるということである。(16)

津田君が、「夫だから宇野の御嬢さんもよく注意し玉ひと云ふ事さ」と、現在の「余」に関係する、「宇野の御嬢さん」についてまで、津田君の自己目的化した説明の方法を適用しようとすることは、「余」にとっては、過去をもたらすという役割を越境して、「余」の現在に、津田君が侵入してくることになる。これは、「まったくその関係に含まれていない関心領域と感情領域」を、のぞき込むことになり、「相互的な理解の限界を苦痛と感じさせる」ことになる。それゆえに、「余」は、「「うん注意はさせるよ。然し万一の事がありましたら屹度御目に懸りに上りますなんて誓は立てないのだから其方は大丈夫だらう」と洒落て見たが心の中は何となく不愉快であつた。」と、不快の念を抱くのである。

（四）

「余」は、夜道を一人家に帰る。

あの音はいやに伸びたり縮んだりするなと考へながら歩行くと、自分の心臓の鼓動も鐘の波のうねりと共に伸びたり縮んだりする様に感ぜられる。仕舞には鐘の音にわが呼吸を合せ度なる。今夜はどうしても法学士らしくないと、足早に交番の角を曲るとき、冷たい風に誘はれてポツリと大粒の雨が顔にあたる。

津田君によって、「法学士」という自己規定と、物事の説明づけを揺るがされてしまったまま「余」は、帰途に就いた。「余」は、「今夜はどうしても法学士らしくない」と、そのことを自覚もしている。途中で、彼は極楽水という所を通りかかる。

極楽水（傍点原文）はいやに陰気な所である。近頃は両側へ長屋が建つたので昔程淋しくはないが、その長屋が左右共闃然として空家の様に見えるのは余り気持のいゝものではない。貧民に活動はつき物である。

働いて居らぬ貧民は、貧民たる本性を遺失して生きたものとは認められぬ。余が通り抜ける極楽水の貧民は打てども蘇み返る景色なき迄に静かである。——実際死んで居るのだらう。

「貧民に活動はつき物である。」と、「余」の説明づけに従えば、活動していてしかるべき「貧民」が「働いて居らぬ」のである。「余」の説明づけの方法が、揺るがされた状態であるのみならず、「余」の置かれた状況も、それがうまく働かないものとなったのである。このうまく働かない状況は、「余」に「死」ということについての再考をもたらした。

死ぬと云ふ事が是程人の心を動かすとは今迄つい気が付かなんだ。気が付いて見ると立つても歩行いても心配になる、此様子では家へ帰つて蒲團の中へ這入つても矢張り心配になるかも知れぬ。何故今迄は平気で暮して居たのであらう。

説明づけの方法が揺らぎ、また、うまく働かない状況に置かれることによって、「余」は、「死ぬと云ふ事が是程人の心を動かす」ものである、ということに対する驚きを発見した。このことによって「余」の中で、説明づけの方法がうまく働かない状況は、「死と云ふ事が是ほど人の心を動かす」ものであったという認識によって、「驚き」と結び付くものとなったのである。

説明づけの方法の揺らぎと、うまく働かない状況は、「余」に「驚き」ばかりではなく、「恐怖」も、もたらす。茗荷谷の坂で、「火の消えた瞬間が露子の死を未練もなく拈出した。」ことによって、「余」は、婚約者露子の死が心配になった。彼は、露子の容体を一刻も早く確かめる必要があったのだが、「今夜入らしつちや、婆やは御留守居は出来ません」という、婆やの言葉で、翌朝まで露子の状態は全く分からないことになってしまった。

暫らくすると遠吠がはたと已む。此半夜の世界から犬の遠吠を引き去ると動いて居るものは一つもない。吾家が海の底へ沈んだと思ふ位静かになる。静まらぬは吾心のみである。吾心のみは此静かな中から何事かを予期しつゝある。去れども其何事なるかは寸分の観念だにない。性の知れぬ者が此闇の世から一寸顔を出しはせまいかといふ掛念が猛烈に神経を鼓舞するのみである。

ここに挙げられている恐怖は、「余」自身の死に対する恐怖、婚約者の露子を死によって失う、喪失に対する恐怖ではない(17)。なぜなら、「性の知れぬ者が此闇の世から一寸顔を出しはせまいかといふ掛念が猛烈に神経を鼓舞するのみである。」と述べているように、恐怖の対象が非常に漠然としたものであることを、示しているからである。恐怖の対象が「死」であるならば、これまでに「余」は、「死ぬと云ふ事が是程人の心を動かす」ということを「驚き」をもって理解しているのであるから、恐怖の対象が「死」であると、はっきり認識できるはずである。

恐怖の理由は、次のように考えられる。「余」の物事の説明づけの方法は、結論が分からなければ、物事が説明づけられないという特徴がある。ゆえに、露子が生きているのか死んでいるのかという「結論」が、全く分からない今夜の状況では、「余」の物事の説明づけの方法は全く役目を果たさない。その結果、「余」の周囲の出来事は全く意味付けられないものとなってしまい、意味を剝奪された不気味なものとして、「余」の目に映ってしまうからである。

この恐怖から解放される唯一の方法は、結論を得て、結論を物事の説明づけの象徴とする「余」の物事の説明づけの方法を、普段と変わりなく働く状態にすることである。「然し或は腹具合のせいかも知れまい」と、何とか恐怖を意味づけようとする「余」の必死の努力にもかかわらず、結論である露子の容体が不明である間、「余」の恐怖は続くのである。

翌朝、露子の家に駆けつけた「余」は、露子の「えゝ風邪はとつくに癒りました」の声に、彼女の無事を確認する。

日本一の御機嫌にて候と云ふ文句がどこかに書いてあつた様だが、こんな気分を云ふのではないかと、昨夕の気味の悪かつたのに引き換へて今の胸の中が一層朗かになる。なぜあんな事を苦にしたらう、自分ながら愚の至りだと悟つて見ると、何だか馬鹿々々しい。

露子の無事が確認され、結論を得たことで、「余」の説明づけの方法は、普段通り何事もなかったかのように機能しだした。「余」は、完全に恐怖から解放された。残ったのは、昨夜の「死ぬと云ふ事が是程人の心を動かす」ということに対する「驚き」と、説明づけの方法が働かないことのもたらした、「恐怖」の記憶のみである。

また、露子の無事が確認されたことは、津田君の自己目的化した説明の方法が、「余」の現在に属する露子には、適用できなかったことを意味する。過去をもたらす役割を越え、「余」の現在に津田君が干渉することはなかったのである。「余」にとっての津田君の役割を、津田君は順守したことになる。ゆえに、「相互的な理解の限界を苦痛と感じさせる」、つまり「余」が、津田君を不愉快に思うこともなくなったのである。

（五）

床屋に行った「余」は、床屋に集まっている人々が、幽霊について話しているのを耳にする。


「近頃はみんな此位です。揉み上げの長いのはにやけ（傍点原文）てゝ可笑しいもんです。——なあに、みんな神経さ。自分の心に恐いと思ふから自然幽霊だつて増長して出度ならあね」と刃についた毛を人さし指と拇指で拭ひながら又源さんに話しかける。

「全く神経だ」と源さんが山桜の烟を口から吹き出しながら賛成する。

「神経つて者は源さんどこにあるんだらう」と由公はランプのホヤを拭きながら真面目に質問する。


「自分の心に恐いと思ふ」ことは、神経のせいであり、「恐い」と思う対象は実体として存在しない。そして、「自分の心に恐いと思ふ」ことが幽霊を出現させる、という職人の見解が示されている。この見解に従えば、恐怖の念を起こさせる対象が、実体として存在しないにもかかわらず、恐怖の念が起こることが、幽霊の原因であるということになる。言い換えれば、幽霊とは、恐怖の念そのもののことである、ということになる。この職人の見解に、居合わせた源さんも、由公も賛成しているのである。

同じ見解は、「浮世心理講義録有耶無耶道人著」の中にも示されている。この本を読んでいた松さんが、「急に大きな声を出して面白い事がかいてあらあ」と笑い出したことが示しているように、「心理講義録」とは銘打ちながら、けっしてアカデミズムに属することのない、庶民の好奇心に応える内容の本である。この本の中に「何で狸が婆化しやせう。ありやみんな催眠術でげす……」という狸の話が出てくる。

「肥桶を台にしてぶらりと下がる途端拙はわざと腕をぐにやりと卸ろしてやりやしたので作藏君は首を縊り損つてまご〱して居りやす。こゝだと思ひやしたから急に榎の姿を隠してアハ、、、、、と源兵衛村中へ響く程な大きな声で笑つてやりやした。すると作藏君は余程仰天したと見えやして助けて呉れ、助けて呉れと褌を置去りにして一生懸命に逃げ出しやした……」

狸はこのことに関して、「婆化され様と云ふ作藏君の御注文に応じて拙が一寸婆化して上げた迄の事でげす。」と述べている。狸が作藏君にしたことは、「急に榎の姿を隠してアハ、、、、、と源兵衛村中へ響く程な大きな声で笑つてやりやした。」ということのみである。それに対して、作藏君は「余程仰天した」のである。狸が作藏君にしたことは、驚かせたことだけである。ゆえに、狸が人を化かすということの本質は、単に狸が人を驚かすことにほかならない。

「余」の目の前で、幽霊や狸が人を化かすことの本質は、「恐怖」「驚き」の念である、という見解が示された。この見解は、昨夜の経験が、対象が実体として存在しない「驚き」「恐怖」の念をもたらしたものであることと、まさに一致する。ゆえに「余」は、「して見ると昨夜は全く狸に致された訳かなと、一人で愛想をつかし乍ら床屋を出る」というように、この見解に全面的に賛成したのである。

さらに、「文学士」津田君の所有する自己目的化した説明方法が、当時のアカデミズムの潮流を背景にしていたのに対して、この「幽霊」に対する見解は、床屋に集まった松さんや由公といった、庶民の見解を背景として持っている。これは、「文学士」と異なる、「法学士」の物事の説明づけの方法、「常識」で捌いて行くことに、まさに合致する。「余」は、津田君の自己目的化した説明づけの方法に匹敵する、「法学士」という自己規定にふさわしい、「幽霊」に関する説明づけを手に入れたのである。同時にそれは、津田君によって脅かされることのない、確固とした自己の独立性を手にいれることでもあったのである。

最後に結末部分に関して、考察を加えることにする。

気のせいか其後露子は以前よりも一層余を愛する様な素振に見えた。津田君に逢つた時、当夜の景況を残りなく話したら夫はいゝ材料だ僕の著書中に入れさせて呉れろと云つた。文学士津田真方著幽霊論の七二頁にK君の例として載つて居るのは余の事である。

赤井恵子はこの箇所について、次のように述べている。

「当夜の景況」は、それをどう「余」がとらえたかを無視され「材料」として、つまり不気味な体験談(ただのフォークロア)として「文学士」の著書に定着させられてしまったらしい。むろん「余」は法学士らしくなかったあの一晩の心境を津田君に暴露などしてはいないだろう。(18)

津田君は、「余」が「当夜の景況」を、どうとらえたかは無視し、「余」は、「法学士らしくなかったあの一晩の心境を津田君に暴露などしてはいない」。いずれにせよ、幽霊の本質は「驚き」「恐怖」の念である、という、「余」の幽霊に対する見解は、津田君は、知らないのである。津田君にとって、「余」の幽霊に対する説明づけは、知る由もない「秘密」となっているのである。この「秘密」の効用についてジンメルは、次のように述べている。

ところでこのさい決定的なことは、秘密が第一級の個人主義化の契機であり、しかも典型的な二重の役割においてそうであるということである。すなわち第一に、強い個人的な分化状況の社会的状態は、高い程度において秘密を許し、さらにそれを要求するということであり、第二に、逆に秘密はそのような分化状況を支え、さらにそれを高めるということである。(19)

「余」の「幽霊」に対する説明づけは、「余」の津田君に対する独立をもたらすものであった。それが、「秘密」にされることで、一層独立をもたらす力が強められるのである。確固たる独立性をもった「余」は、津田君を不快に思うことはなくなり、友人の努力の成果を素直に認めることが、できるようになった。それゆえに、友人の本のことを、自分の本であるかのように述べているのである。

一方津田君の持つ、自己目的化した説明づけの方法は変化していない訳であるから、津田君は、「余」が「はつと露子の事を思ひ出した」ことも、「ある人の姿が離れている人の所に現れる」現象として捉えたのである。津田君の説明づけでは、対象となる人が生きている方が、より現象が起きるわけであるから当然のことであろう。ゆえに、津田君は「余」の話を「いゝ材料」と判断したのである。またこのことによって津田君にとって、単に説明づけを与える対象から情報提供者へ、「余」の位置づけが変化した。津田君にとって、「余」はより重要な人物となったのである。

「余」の幽霊体験を通して、「余」と津田君のつながりは一層強くなった。「余」の幽霊体験は、結果として二人の友情の深まりをもたらすものであった。

注

(1)　内田道雄「『漾虚集』の問題」（「文学」昭和四十一年七月　岩波書店）
(2)　相原和邦「『漾虚集』の性格」（「日本文学」昭和四十七年六月　日本文学協会編集　未来社刊）
(3)　前掲注(2)
(4)　「學苑　文学と家政」（昭和四十二年八月　昭和女子大学光葉会）
(5)　「國文學　解釋と教材の研究」1月臨時増刊号　平成六年一月　學燈社
(6)　「文学論藻」（平成六年二月　東洋大学国文学研究室）
(7)　「日本文学」（平成五年十二月　日本文学協会編集・刊行）
(8)　前掲注(4)「夏目漱石「琴のそら音」とその背景」
(9)　塚本利明「「ロード・ブローアムの見た幽霊」について」（「専修大学人文科学研究所月報」昭和五十八年六月　専修大学人文科学研究所）
(10)　水川隆夫『漱石と落語　江戸庶民芸能の影響』（昭和六十一年五月　彩流社　P. 141）
(11)　前掲注(9)
(12)　赤井恵子が、「もとから津田君の「聯想」と、婆さんの考え方は、酷似していると言わざるをえない。」（前掲注(5)「『琴のそら音』論―法学士の言う「常識」とは？―」）と、津田君と婆さんの考え方の類似を指摘しているが、婆さんは、「翌日の御菜に就て綿密なる指揮を仰ぐ」「月に二三返は伝通院辺の何とか云ふ坊主の所へ相談に行く様子だ」と、ひたすら他人の説明づけの方法に依存し、自ら説明づけの方法を構築しようとする姿勢は見られない。その点で、津田君と婆さんの考え方は、明らかに異なる。

(13)　一柳廣孝「〈科学〉の行方―漱石と心霊学をめぐって―」(「文学」一九九三年夏　岩波書店)

(14)　G・ジンメル、居安正訳『社会学』(上巻)(平成六年三月　白水社　P. 373) 参考までにこの箇所の前後を引用しておく。「秘密という形式によって特色ある価値強調を獲得し、この形式において秘密とされた事実の内容上の意義は十分にしばしば、他者たちがまさしくそれについてなにも知らないということにまったく道をゆずる。子供たちのあいだでは、ひとりが「僕はお前の知らないことでも知っている」と他の者たちに言えるということに、しばしば誇りと自慢とが理由づけられる。――しかもこれはきわめてひろくひろがり、ためにそれがまったくのでたらめであり、まったく秘密のないばあいでさえ、自慢と相手をやっつけるための形式的な手段として述べられるほどである。」

(15)　前掲注(7)谷口基「「琴のそら音」論―その構造に潜むもの―」

(16)　前掲注(14)　P. 367

(17)　越智治雄は「「琴のそら音」における余の一夜の体験、それは「夜と云ふ無暗に大きな黒い者」に触れることであった。それは法学士の世界に無縁なもう一つの世界である。この小説の中心になるのがこの闇の質感の重さであることは疑いがない。」と述べている。(越智治雄「漱石の初期短編(承前)」(「國文學　解釈と教材の研究」昭和四十五年八月　學燈社))

(18)　前掲注(5)赤井恵子「『琴のそら音』論―法学士の言う「常識」とは?・」

(19)　前掲注(14)　P. 375

二 「幻影の盾」
――作品構造における時間の意義――

（一）

「幻影の盾」は、明治三十八年四月「ホト、ギス」に発表され、後に、明治三十九年五月、『漾虚集』（大倉書店・服部書店刊）に収録された作品である。

同時代評は、無名氏「酒精主義」[1]において、

小説「幻影の盾」を讀む、著者漱石序して曰く「一心不亂といふ事を目に見えぬ怪力をかり、縹渺たる脊景の前に寫し出さうと考へて此の趣向を得た」と、蓋し卓絶たる詩人の空想は却つて頭腦なき寫實家の記述に勝る。

と、特に冒頭の表現を賞賛しているのを始め、ちよいん生「ホトトギス派の文章と名文家」[2]においても同様に、

「倫敦塔」と「幻影の盾」は重もに右手に携ふる太刀を揮はれた方で、西歐文學の素養と西洋的詩情が前篇に満ちて居る、或は勁援、或は悠遠或は高古、或は窈冥、両篇共蓋し先生苦心の作であらう。殊に「幻影の盾」の冒頭などは恐らく幾度も推敲して後に出來たものぢやないかと想像される。従て文字の推敲、句法の烹練は最もよく此兩篇に居る。

作品冒頭をよく推敲された表現として評価している。また、「霹靂鞭　作家ならざる二小説家」[3]「「幻影の盾」は固より其文の精緻を具ふれども、寧ろ其沈痛幽緲の想に於て優れるものたり」と述べられ、おおむね好意的に評している。

これまで、「幻影の盾」は主に比較・影響関係の解明という角度から研究がなされてきた。特に、外国文学の影響に関しては多くの指摘がある。まとまった論考として早い時期のものとしては、石井和夫「「父母未生以前」への序章―『神曲』の世界と夏目漱石―」[4]が、次に挙げるように、

　このように見てくると、断片の「以太利亜の〳〵」が『幻影の盾』に「以太利亜の、以太利亜の海紫に夜明けたり」とあるのは、『サンドラ・ベロニー』の「以太利亜の歌」のイメージならず、『神曲』の雰囲気をも伝えてはいまいか。「煉獄篇」第三十歌における、ベアトリーチェに出会ったダンテの心情にみられる、張りつめていた心が和らいでくる所を描写した比喩的表現や、明るい朝ぼらけを背景にしたようなベアトリーチェのはなやかな登場は『幻影の盾』のクラ、の登場を思わせる。

と、ダンテの『神曲』の影響を指摘している。

また、「「ヰリアム」を主人公とするこの作品のプロットは、中世のロマンスではなく、イギリス19世紀初頭の小説家Walter ScottのThe Bride of Lammermoor(『ラマムアの花嫁』)のプロットに従って展開していることに気がつくのである。」と指摘した、松村昌家「漱石『幻影の盾』と英文学」[5]も比較的早い時期のものである。岡三郎「夏目漱石におけるヨーロッパ中世文学—「幻影の盾」の材源研究〈その1〉—」[6]においては、「実際に漱石がこの作品の創作に際して用いた典拠は、果して何であったのか。結論をさきに言えば、それはまずJonn RutherfordのThe Troubadours(London, 1873)である。」との指摘がなされている。他に外国文学との比較・影響を論じたものとしては、塚本利明の一連の論考[7]などが挙げられる。

岡三郎はまた別の論考で、ウイリアムの意識の状態に関して、「白隠が大疑現前するときに達しえられる境地、〈只四面空蕩々地、虚豁々地にして、生にあらず死にあらず、萬里の層氷裏にある如く、瑠璃瓶裏に坐するに似て、分外に清涼に皎潔なり〉と証言している境地に実質的に対応していることが明らかである。[8]」と、仏典の影響について触れている。大友泰司「『漾虚集』について—漱石の夢想世界—[9]」、には次のような指摘がある。

「幻影の盾」では、盾の主人はウイリアムであることや、「ウイリアムが日毎夜毎に繰り返す心の物語りはこの盾と浅からぬ因果の羈絆で結び付けられている」ことなどの設定でストーリイが展開していく。そして、ウイリアムは盾へ想即想入をはかることになる。それまでの間に展開する「心の物語り」の側面には『臨済録、元衆』という仏典の投影がある。一方ウイリアムが不思議なところへ這入っていくという一面の物語りの展開には、『浄土論』下という仏典が参照されている。

同様に、仏典の影響について述べている論には、今西順吉『漱石文学の思想　第二部』[10]、山田晃「幻影の盾叙説」[11]などがある。仏典ではないが、藤井淑禎「『漾虚集』の日々　幻想の森」[12]では、

　ヰリアムが池を発見する時の高低関係は示されていないが、明らかにヰリアムは一段高い所にいて池を眺め下ろしており、これは崖っぷちにある夏目家の墓の所から崖下の池を見下ろすのと同じ構造にある。さらに池のある低地の広さ（一畝）や、「大きくはな」くて「出来損ひの瓜の様に狭き幅を木陰に横たへて居る」という池の大きさ・形、「臥す牛を欺く程」の大きさの池石や、こちら側からその岩まで「一丈余」だというその距離など註10（引用者注　註、図は略）に示す本法寺の復元図にほぼ合致するものだと思われる。

と、作品中のウイリアムがたどり着く太古の池と、夏目家の菩提寺である本法寺のイメージとの関連を指摘している。

昭和六十年代に入る頃から、作品内容を中心論点とする論考が見られるようになる。竹盛天雄「『吾輩は猫である』と『漾虚集』と―『幻影の盾』の「呪ひ」[13]―」はその一例である。

彼にとって「南方」「南国」は、父母未生以前「百年」もさかのぼる昔からの、はるかな結縁の土地ということなのではあるまいか。したがって、ヰリアムが「南方」「南国」にむけて運動をおこすのは、その

ようなはるかな時空にむけての回帰運動のようによめないだろうか。

と、述べているが、この論の中で特に、ウイリアムの行動を「父母未生以前「百年」もさかのぼる昔」という、ウイリアム個人の体験の時間とは、異なる時間との接触をもたらすものである、とする指摘は、その中に描かれた「時間」の観点から、作品内容を考察する上で示唆に富むものである。(14)

本節では、作品構造における「時間」の意義について考察し、さらに作品内容との関係について論じる。

(二)

江藤淳は、この作品の特徴について、次のように述べている。

例えば『薤露行』の作者は、ランスロットと王妃ギニヴィアとの姦通に由来する破局を回避することもできなければ、ましてランスロットを作者の都合で死んでしまったことにするわけにもいかない。漱石はもちろんそんなことは百も承知の上で、篤学な英文学者らしくアーサー王伝説の枠組を尊重してこの作品を構成している。それは、この枠組そのものが、作者の小説的なメッセージの隠喩、または換喩の役割を果たしているからである。そして、ここでは時間は、非日常的なばかりではなくていわば凝固している。その点では典拠のかならずしもはっきりしない『幻影の盾』の時間も、全く同質の時間だといわなければならない。(15)

ここで注目したいのは、「幻影の盾」という作品には、「この枠組」つまり作品の構造自体が、「作者の小説的なメッセージの隠喩、または換喩の役割を果たしている」作品内容そのものであるという特徴がある、との指摘である。さらにその作品の構造は、時間の性質によって特徴づけられることも、ここで指摘されている。このことを踏まえるならば、作品構造を時間の観点から解明することは、そのまま作品内容を解明することにつながると考えることができよう。

この指摘を参照しながら、作品内容の検討に入っていくことにしたい。

遠き世の物語である。バロンと名乗るものゝ城を構へ濠を環らして、人を屠り天に奢れる昔に帰れ。今代の話しではない。

作品の冒頭でこのように、これから語られる物語に関する、時代に関する前提が述べられ、さらに次のように述べられる。

鷹の足を纏へる細き金の鎖の端に結びつけたる羊皮紙を読めば、三十一ケ条の愛に関する法章であつた。所謂「愛の庁」の憲法とは是である。……楯の話は此憲法の盛に行はれた時代に起つた事と思へ。

再び「楯の話」の時代的な前提が語られ、その中で羊皮紙に記された「愛の庁」の憲法の存在が示される。このことによって、これから述べられる「楯の話」は、具体的な内容は作品内で明らかにされないが「三十一ケ条の愛に関する法章」を、内容的に踏襲するものとして位置づけられるのである。重ねて、

　千四百四十九年にバーガンデの私生子と称する豪のものがラ、ベル、ジャルダンと云へる路を首尾よく三十日間守り終せたるは今に人の口碑に存する逸話である。三十日の間私生子と起居を共にせる美人は只「清き巡礼の子」といふ名に其本名を知る事が出来ぬのは遺憾である。……楯の話しは此時代の事と思へ。

「楯の話しは此時代の事と思へ」と、「楯の話し」の時代的な前提を繰り返し語る形をとりながら、具体的に参照した書物が挙げられるわけではないが、「其本名を知る事が出来ぬのは遺憾である」と、「千四百四十九年」の出来事に関して記録された書物が存在することが暗示される。そして、これから語られる「楯の話し」は、「三十一ケ条の愛に関する法章」とともに、これらのような複数の書物の内容を踏襲するものとして、位置づけられる。言い換えるならば、これまでの作品の冒頭部分は、これから語られる「楯の話し」を、これらのような複数の書物の内容を大枠でなぞる、あるいは、反復する形式をとって進められるように位置づける役割を果たしている。

　このような作品の構造に関連するものとして、一柳廣孝の次の論考がある。

　「遠き世の物語である」「今代の話しではない」と、テクストは繰り返し「現在」から物語を遠ざけようとする。また、物語はいくつかのヨーロッパ中世説話を冒頭に付置することで、種々の先行テクストの存在

を暗示させるインターテクスチュアルな物語として提示されている。このような物語の装置は、物語の神話化を促し、現実と物語とを峻別する機能を果たしている。また、物語内の語りが現在形に統一されていることによって、〈神話〉内の時空的拠点が確保される。物語は、神話という〈幻影〉によって囲い込まれ、その虚構性を強く主張するとともに、虚構内における〈現実〉を保証するのである。[16]

「幻影の盾」は、作品内時間以前に、存在が暗示された「先行テクスト」によって物語内容が先取りされ、物語は「〈神話〉」となった「先行テクスト」の内容をなぞる、反復する形で進行する、という非常に特徴的な作品構造を有するのである。先の一柳廣孝の論考との関連で神話という概念が持ち出されているが、この、神話に特徴的な時間性について、真木悠介は「神話それ自体を位置づけする神話、すなわち、現実と神話とのあいだの関係をめぐる観念もまた、通時のことばによって語られる共時性なのだ。神話とメタ神話のこの同型性が、現実の歴史性をもって流れる時間の総体を、神話の共時性のうちに吸収する。（傍点原文）」[17]と述べている。

先ほどの一柳廣孝の論では、「種々の先行テクストの存在を暗示させるインターテクスチュアルな物語として提示されている」、作品内時間以前に、存在が暗示された「先行テクスト」によって物語内容が先取りされ、物語が「〈神話〉」となった「先行テクスト」の内容をなぞる、反復する形で進行する点に関しては、「現実と物語とを峻別する機能を果たしている」と、現実に対して物語性、あるいは虚構性を強調する役割を果たしていると述べられている。しかし、この作品構造の果たす役割はそれのみにとどまるのではない。実は、この作品構造をとることが、まさに、「幻影の盾」の作品内容を、表現として形象化することと直結しているのである。

「幻影の盾」の物語進行とは、作品の冒頭で、存在が暗示された「先行テクスト」によって構成された〈神話〉

の枠組に、物語内容を当てはめていくことなのである。この構成によって、〈神話〉をなぞること、作品内容である「反復する時間」の表現を可能にしているのである。

(三)

クララの一門との戦いが避けられなくなった時、ウイリアムは自らの成長を、クララとの関係に重ね合わせて回想している。

> クラヽは𛀁リアムを黒い眼の子、黒い眼の子と云つてからかつた。クラヽの説によると黒い眼の子は意地が悪い、人がよくない、猶太人かジプシイでなければ黒い眼色のものはない。𛀁リアムは怒つて夜鴉の城へはもう来ぬと云つたらクラヽは泣き出して堪忍してくれと謝した事がある。……二人して城の庭へ出て花を摘んだ事もある。赤い花、黄な花、紫の花――花の名は覚えて居らん――色々の花でクラヽの頭と胸と袖を飾つてク𛀁ーンだク𛀁ーンだと其前に跪づいたら、槍を持たない者はナイトでないとクラヽが笑つた。……今は槍もある、ナイトでもある、然しクラヽの前に跪く機会はもうあるまい。

先程引用した真木悠介は、回想に関して同じ本の中で次のように述べている。

> 回想はたんなる模写でなくまたひとつの構成である。〈見出された時〉とはじつは、再構成された時、規

範として純化された時であり、もはや実在する共同態《ママ》のたすけをかりることなしに、個体の内部に再建されたその存在のレアリティ、その〈生の意味《センス》〉としての〈時〉にほかならない。（傍点原文[18]）」

かつて、ウイリアムとクララは、「然し其夜鴉の城へ、彼は小児の時度々遊びに行つた事がある。小児の時のみではない成人してからも始終訪問れた。クラ、の居る所なら海の底でも行かずには居られぬ。彼はつい近頃迄夜鴉の城へ行つては終日クラ、と語り暮したのである。」と述べられているように、かなり長い期間にわたって、時間を共有する関係であった。その関係は単に一緒に時間を過ごすことにとどまらない。二人の関係は、互いの存在が、互いにとって、共に過ごす時間の存在や意味を保証するような存在であったのである。この二人の関係は、先程の真木悠介からの引用に即すれば、その関係の構成員はわずか二人ではあるが「実在する共同態《ママ》」として位置づけることができよう。しかし、クララとは、現在は互いの城主の関係悪化によって逢うことはない。今となってはもはや、クララとの現実的な関係としては、ウイリアムは、時間を共有することでその時間の存在や意味を保証する「実在する共同態《ママ》」を喪失してしまっているのである。

そのような、「実在する共同態《ママ》」を喪失し、「実在する共同態《ママ》」のたすけを得られない状況において、彼は回想によって、クララと過ごした過去を自ら再構成することで、〈生の意味《センス》〉としての〈時〉という、最も彼に固有なものとして再建させているのである。したがって、この引用箇所における回想によって、クララと過ごした時間はウイリアムにとって、「存在のレアリティ」、自らに固有な〈生の意味《センス》〉としての時間へと質的に変化しているのである。

ゆえに、（一）において、「幻影の盾」の物語進行とは、存在が暗示された「先行テクスト」によって構成された〈神話〉の枠組に、物語内容を当てはめていくことなのであり、この構成によって、〈神話〉をなぞること、作品内容である「反復する時間」の表現を可能にしているのである、と述べたが、クララとの恋愛関係によって示されるウイリアム固有の時間まで、物語の示す「反復する時間」に回収させてしまうことは妥当性を欠く。さらにその理由を挙げるならば、「人に云へぬ盾の由来の裏には、人に云へぬ恋の恨みが潜んで居る。」と述べながら、後に示される盾の由来には、恋愛に関する記述が全く含まれていないことに見られるように、「恋の恨み」は繰り返されるもの、「反復する時間」として、作品内に示されていないからである。

それでは、「反復する時間」として示されなければならなかったものは何か。何よりもそれは、「男心得たりと腰に帯びたる長き剣に盟へば、天上天下に吾志を妨ぐるものなく、遂に仙姫の援を得て悉く女の言ふ所を果す。」「首尾よく三十日間守り終せたる」という、前書きの「〈神話〉」に共通する「戦い通す」行為である。

本文においても、ウイリアムの行為に先だつ先行テクストとして、「幻影の盾の由来」の書き付けが示されている。その内容も、幻影の盾が「脳を砕き胴を潰して、人といふ形を滅せざれば已まざる烈しき戦」によって得られ、「汝盾を執つて戦に臨めば四囲の鬼神汝を呪ふことあり。呪はれて後蓋天蓋地の大歓喜に逢ふべし。」と、実戦での使用によって盾の魔力が発揮されることなど、戦いが強調されたものとなっている。

しかしこれが前書きに示された、「反復する時間」たりうるためには、何らかの形で内容が再現されることが必要不可欠である。本来「反復する時間」は、神話の形態で端的に示されるように、個人ではなく共同体に属する時間であるが、「人に語るな語るとき盾の霊去る」と他言を禁じることにより、反復する時間の成就は、ウイリアム個人が担うことになる。「幻影の盾の由来」には次のように述べられている。

「此盾何の奇特かあると巨人に問へば曰く。盾に願へ、願ふて聴かれざるなし只其身を亡ぼす事あり。人に語るな語るとき盾の霊去る。……汝盾を執つて戦に臨めば四囲の鬼神汝を呪ふことあり。呪はれて後蓋天蓋地の大歓喜に逢ふべし。只盾を伝へ受くるものに此秘密を許すと。南国の人此の不祥の具を愛せずと盾を棄てゝ去らんとすれば、巨人手を振つて云ふ。われ今浄土ワルハラに帰る、幻影の盾を要せず。百年の後南方に赤衣の美人あるべし、其歌の此盾の面に触るゝとき、汝の児孫盾を抱いて抃舞するものあらんと。……」

「幻影の盾の由来」で、巨人との戦いで盾を得たのはウイリアムと同名の、四世の祖ウイリアムである。「汝の児孫とはわが事ではないかとヰリアムは疑ふ」とウイリアム自身が言っているように、「幻影の盾の由来」は、ほかでもないウイリアムによって内容が再現され、「反復する時間」となることを期待しているのである。

ウイリアムは、クララを助け出せなかったことを意味する、帆柱の白い旗を目にしながらも、その絶望にうちひしがれることもなく勇敢に戦いを続けた。そして「戦い通す」ことによって、「反復する時間」の成就に力を尽くした。このウイリアムの行為の方が「恋の恨み」よりも「一心不乱」の名にふさわしいと言えよう。

（四）

ウイリアムは、クララを助け出すことができなかった絶望にうちひしがれることなく、「盾を執つて戦に臨」み、白城の城主ルーファスに仕える者として、勇敢に戦い続けた。そして、同じく白城の城主ルーファスの下に共に戦ってきたシワルドの「「占めた」とシワルドは手を拍って雀躍する」さまは、敵の落城と、味方の勝利を確信するものであった。

焦け爛れたる高櫓の、機熟してか、吹く風に逆ひてしばらくは焔と共に傾くと見えしが、奈落迄も落ち入らでやはと、三分二を岩に残して、倒しまに崩れかゝる。取巻く焔の一度にパッと天地を燬く時、堞の上に火の如き髪を振り乱して停む女がある。「クラヽ！」とヰリアムが叫ぶ途端に女の影は消える。

敵の落城、味方の勝利まで「戦い通し」、この時点で、ウイリアムは盾の由来の期待に完全に応えたのである。その完全に応えた時、次に続くのは、焼け出された馬と共に「「呪はれた」とヰリアムは馬と共に空を行」くことであった。ウイリアム自身が「呪はれた」と言っているように、この後の一連の出来事は、ウイリアムの意志によるものではなく、盾の力によるのであるが[20]、その行為をなす者が、ほかでもないウイリアムであることには変わりがない。そして、ウイリアムは「眩ゆしと見ゆる迄紅なる衣を着」た女に出会う。ウイリアムは自らの行動によって、次々と「幻影の盾の由来」を「反復する時間」と化していったのであるが、その成就の瞬間がついにやって来る。

女は歌ひ出す。「以太利亜の、以太利亜の海紫に夜明けたり」

「広い海がほのぐ〳〵とあけて、……橙色の日が浪から出る」とヰリアムが云ふ。彼の眼は猶盾を見詰めて居る。彼の心には身も世も何もない。只盾がある。髪毛の末から、足の爪先に至るまで、五臓六腑を挙げ耳目口鼻を挙げて悉く幻影の盾である。彼の総身は盾になり切つて居る。盾はヰリアムでヰリアムは盾である。二つのものが純一無雑の清浄界にぴたりと合ふたとき――以太利亜の空は自から明けて、以太利亜の日は自から出る。

女は又歌ふ。「帆を張れば、舟も行くめり、帆柱に、何を掲げて……」

「赤だつ」とヰリアムは盾の中に向つて叫ぶ。

ウイリアムが盾と合一し、クララとの歓喜の再会を果たした瞬間は、「幻影の盾の由来」の最後の一文「其歌の此盾の面に触るゝとき、汝の児孫盾を抱いて抃舞するものあらんと。……」まで繰り返し終えた時であり、「反復する時間」が成就した瞬間であった。同時にそれは、四世の祖に端を発しウイリアムが成就させるまでの、「百年」という悠久の時間が、ウイリアム固有の時間に転換された瞬間でもあった。

暖かき草の上に二人が坐つて、二人共に青絹を敷いた様な海の面を遥かの下に眺めて居る。二人共に斑入りの大理石の欄干に身を靠せて、二人共に足を前に投げ出して居る。二人の頭の上から欄干を斜めに林檎の枝が花の蓋をさしかける。花が散ると、あるときはクラヽの髪の毛にとまり、ある時はヰリアムの髪の毛にかゝる。又ある時は二人の頭と二人の袖にはら〳〵と一度にかゝる。

(三)でウイリアムにとってクララと過ごした時間は、自らに固有な〈生の意味《センス》〉としての時間であると述べたが、ウイリアム固有の時間を刻んだクララとの再会は、その転換の成就を象徴しているのである。

柄谷行人は、「夢十夜」に関してではあるが、「百年」という時間について「「百年」という時間は、ぼくの考えでは、ただ長い時間を意味しているのではなく、通常の時間性とは質的に異ったもの、つまりそのとき意識の時間性がある逆倒をしなければのりこえられないような境界を象徴している。[21]」と述べている。これは、成就に「百年」を要した「反復する時間」が、成就の瞬間に個人固有の時間に転換されるという、時間性の逆倒が起きる「幻影の盾」にもあてはまる。作品の結末部分には、次のようにある。

百年の齢ひは目出度も難有い。然しちと退屈ぢや。楽も多からうが憂も長からう。水臭い麦酒を日毎に浴びるより、舌を焼く酒精を半滴味はう方が手間がかゝらぬ。百年を十で割り、十年を百で割つて、贏す所の半時に百年の苦楽を乗じたら矢張り百年の生を享けたと同じ事ぢや。泰山もカメラの裏に収まり、水素も冷ゆれば液となる。終生の情けを、分と縮め、懸命の甘きを点と凝らし得るなら――然しそれが普通の人に出来る事だらうか？――此猛烈な経験を嘗め得たものは古往今来ヰリアム一人である。

時間性の転換を描写することは、時間自体が実体として把握できないものであるがゆえに、非常に困難なことである。この作品においてはその手段として、「盾はヰリアムでヰリアムは盾である」「是は盾の中の世界である。而してヰリアムは盾である」とあるように、ウイリアムが盾と化するのもその一つであるが、「泰山もカメラの裏に収まり、水素も冷ゆれば液となる。」と、形態の変化に置き換えて示す方法が採用されている。
「終生の情けを、分と縮め、懸命の甘きを点と凝らし得るなら――然しそれが普通の人に出来る事だらうか？――此猛烈な経験を嘗め得たものは古往今来ヰリアム一人である。」と、この引用箇所で述べられているように、この転換は「普通の人」には非常に難しいことである。しかし「幻影の盾の由来」によって選ばれた、勇敢なウイリアムただ一人にではあるが、それが可能であることをこの作品は示したのである。

これまで論じてきたことから、作品構造と結びついた「幻影の盾」の作品内容とは、ウイリアムを通して、一個人において「反復する時間」を個人固有の時間に転換するという、時間の質の転換を描写することであると結論付けられるのである。

注

（1）「新潮」明治三十八年四月　新潮社

（2）「中央公論」明治三十八年四月　反省社　p. 85

（3）「天鼓」明治三十八年五月　北上屋書店

（4）「立教大学日本文学」昭和四十六年六月　立教大学日本文学会

（5）「神戸女学院大学論集」昭和五十年八月　神戸女学院大学研究所　p. 96

（6）「青山学院大学文学部紀要」昭和五十一年三月　青山学院大学文学部　p. 3

（7）塚本利明の「幻影の盾」に関する論考としては、「「幻影の盾」の背景―比較文学的考察―」（「専修人文論集」昭和五十一年十二月　専修大学学会）、「「幻影の盾」の背景（二）―主としてテニスンとの関係をめぐって―」（「専修人文論集」昭和五十四年一月　専修大学学会）、「「幻影の盾」の構成」（「専修大学人文科学研究所月報」平成七年五月　専修大学人文科学研究所）等がある。

（8）岡三郎「ロンドン留学期の漱石の思索と体験についての若干の調査研究」（「青山学院大学文学部紀要」昭和五十五年三月　青山学院大学文学部　p. 20）

（9）「順天堂大学文理学部紀要」昭和五十六年十二月　順天堂大学　p. 38

（10）平成四年一月　筑摩書房　p. 56

（11）「青山学院大学文学部紀要」平成七年一月　青山学院大学文学部
（12）「立教大学日本文学」昭和四十九年六月　立教大学日本文学会
（13）「國文學　解釈と教材の研究」昭和六十一年二月　學燈社　p. 133
（14）これ以後の論考で、後に引用したもの以外で、作品内容に関するものとしては、この作品を「人間の「知」への不信と懐疑が、《罪》という把握の仕方で示されているのではないだろうか。」と捉える、硲香文「夏目漱石「幻影の盾」論―Druerie に潜む重層―」（「叙説」平成五年十二月　奈良女子大学文学部國語國文学研究室）が、目にとまった。
（15）江藤淳「解説」（『岩波文庫　倫敦塔・幻影の盾　他五篇』平成二年四月　岩波書店　pp. 247 ～ 248）
（16）一柳廣孝「『幻影の盾』の〈幻影〉」（「國文學　解釈と教材の研究」平成六年一月　學燈社　pp. 30 ～ 31）
（17）真木悠介『時間の比較社会学』（昭和五十六年十一月　岩波書店　p. 54）
（18）前掲注（17）　p. 224
（19）北川扶生子は、「「一心不乱」の境地を写し出すのが主意だと漱石は書いているが、この言葉はなぜ恋の恨みや呪いといった要素がそのために採用されたのかについては何も語っていない。」（「『幻影の盾』試論―厭世感情と女性造形―」（「国文論叢」平成五年三月　神戸大学文学部国語国文学会　p. 42））と、「恋の恨み」を、物語に示された作者の執筆意図に還元できない要素として、指摘している。
（20）ウイリアムは、盾の「呪ひ」によって、林に連れてこられた後、「呪ひが醒めても恋は醒めぬ」と、「呪ひ」という盾の作用と、自らの「恋」とは別個のものであることを言っている。
（21）柄谷行人「内側から見た生―「夢十夜」論」（「季刊藝術」昭和四十六年　季刊藝術出版　p. 83）。この論では、「幻影の盾」の結末部分に関して「この先はすでに幻影のみの世界で、作者はヰリアムの生死を明らかにしていない。しかし、この幻影は瞬時のうちに百年を生きるものである以上、たんなる空想ではありえないし、「普通の人に出来ない」ような体験であることはヰリアムの死を示唆するものだ。」と、ウイリアムは死亡したと捉えているが、作品中で「火事は構はぬが今心の眼に思ひ浮べた焔の中にはクラ、の髪の毛が漾つて居る。何故あの火の中へ飛び込んで同じ所で死なゝかつたのかとヰリアムは舌打ちをする。」とウイリアムの生存が述べられていることから、盾を前にしてウイリアムが特殊な意識状態にあったことは十分考えられるが、死亡はしていないと考える。

結論　「小説家夏目漱石」の確立

（一）

『漾虚集』に収録された作品のうち、最も早く発表されたのは「倫敦塔」である。その「倫敦塔」が発表されるほぼ一年前にあたる、「萬朝報」明治三十六年十二月二十七日には、瓠舟「帝國文學會の諸友に寄する書」が掲載されている。その中に「帝國文學」に関して次のように述べられているのを見ることができる。

> 吾等《われら》ハ思《おも》ふ、創作奬勵《さうさくしやうれひ》の實《じつ》を擧《あ》げんとならバ、會員諸彦《くわいゐんしよいん》自《みづか》ら奮《ふる》つて作爲《さくゐ》するに若《し》かず、而《しかう》して世《よ》の文科大學《ぶんくわだいがく》無能論者《のうろんしや》をして口《くち》ありて手《て》なきの譏《そし》りを免《まぬ》かれしむるを得《え》ん。噫《あゝ》、又可《またか》ならずや。請《こ》ふ、吾等《われら》をして『帝國文學《ていこくぶんがく》』に對《たい》する希望《きばう》を陳《の》べしめよ。
>
> 論説欄《ろんせつらん》の光彩陸離《くわうさいりくり》たる、雜錄欄《ざつろくらん》の溫雅《をんが》愷切《がいせつ》なる、別《べつ》に云《い》ふべき所《ところ》なし。たゞ卒業論文《そつげふろんぶん》めきたる歴史的叙述《れきしてきじよじゆつ》のみならず、時論《じろん》に關《くわん》するもの、並《なら》びに泰西名家《たいせいめいか》の文學論《ぶんがくろん》を簒譯《さんやく》して、更《さら》に近代《きんだい》の思潮《してう》に近《ちか》づきしめたきもの也《なり》。詞藻欄《しさうらん》に至《いた》りてハ大《おほ》いに議《ぎ》すべきものあり、雨滴的美文《あまだれてきびぶん》と「許《ゆる》させ給《たま》へ∴ルナルドの君《きみ》」流《りう》の飜譯文《ほんやくぶん》ハ成《な》るべく避《さ》けて、小説戯曲《せうせつぎゝよく》の類《など》を掲載《けいさい》せられたきものにこそ雜報欄《ざつぽうらん》に於ける海外騷壇及《かいぐわいさうだんおよ》び新著《しんちよ》評《ひやう》にハ何等《なんら》の異存《いぞん》なし。

創作活動の奨励を目的とするならば、「帝國文學」会員自らが創作すべきとのことが、「帝國文學」に対する希望として挙げられている。さらに、詞藻欄が「大《おほ》いに議《ぎ》すべきものあり」と評されていることに留意したい。

「美文《びぶん》」と「飜譯文《ほんやくぶん》」を避けて、「小説戯曲《せうせつぎいよく》の類《など》」を掲載するのが望ましいと述べられている。この中で、美文は「雨滴的《あまだれてき》」、翻訳文は「許《ゆる》させ給へ‥ルナルドの君《きみ》」と揶揄されており、ステレオタイプ化したこれらの文に、評者が食傷気味であることを伺うことができる。そして、「帝國文學」の質を向上させるために、新鮮味のない美文や翻訳文のような表現形式を打破し、それらとは異なった表現形式を提唱する「小説戯曲《せうせつぎいよく》」の掲載が、待望されているのである。

その「小説戯曲《せうせつぎいよく》の類《など》」が待望された「帝國文學」に「倫敦塔」が、この評からほぼ一年後である明治三十八年一月に掲載されたのである。「太陽」明治三十八年二月に掲載された、大町桂月「雑評録」では、「帝國文學」明治三十八年一月号と、その号に掲載された「倫敦塔」に関して、次のように評されている。

されど懷舊談をのぞきては、本欄に見るべきもの多し。就中、夏目金之助氏の倫敦塔、最も見るべし。從來帝國文學に、文字の美なるものはありしかど、文字をはなれて、詩情の人を刺す。この篇の如きは、幾んど空前也。

先に挙げた「萬朝報」の評にも、「美文《びぶん》」に関してステレオタイプ化し、食傷気味であることが述べられていた。ステレオタイプ化していることは、同様の文がかなり多く見られた証左であるが、この評においても「萬朝報」の評にある「美文《びぶん》」と重なる「文字の美なるもの」が、ここでも、従来「帝國文學」において一般的に存在したとの指摘がまずなされている。

その指摘を踏まえた上で「倫敦塔」は、従来、「帝國文學」において一般的に存在した、表現内容と表現形式の一致を一字一句の単位で考慮する「文字の美なるもの」とは異なり、「文字をはなれて」、表現内容と表現形式の一致を一字一句の単位に求めていないと述べている。それにもかかわらず「倫敦塔」が、「幾んど空前也」と述べられるような、これまでに例がない「詩情の人を刺す」、非常に精彩に富む小説表現を可能にしている点を、評価されていると捉えることができよう。

本論では「明星」等を参照しながら、発表当時における文学作品に対する理解やその評価基準に「倫敦塔」が与えた影響を論じたが、「倫敦塔」掲載紙である「帝國文學」誌内においても、「倫敦塔」は紙面の刷新に貢献していることをここで補足しておきたい。

「一夜」に関しては、明治三十九年三月に創刊された、毎号広く書簡文、短篇小説、和歌、新體詩など、さまざまなジャンルにわたる懸賞文を募集し、優秀な作は選者の評とともに掲載されることを最たる特色とした「文章世界」を手がかりとして、発表当時における文章理解、小説理解に対する態度に特徴的なものとして、読むことを書くための手段として従属させる態度、〈場〉を人物の属性といった、個別の要素に還元することによる文章理解、あるいは小説理解の態度を析出した。

その一方で、「一夜」のテーマは、〈場〉の共有がもたらす「心地よさ」、〈場〉の共有そのものが、今、この場所で、この人達と、でしかありえない。実体ではない関係性であるために、その「心地よさ」も一瞬のものであるが、その「はかなさ」は、決してその「心地よさ」の価値を減ずるものではなく、むしろ、この〈場〉の共有がもたらす「はかない」「心地よさ」こそが、人生を意味あるものにしているということであることを論じた。

しかし、この「一夜」のテーマを理解するには、先に析出した、「書くために読む」読むことを書くための手段として従属させる態度、〈場〉を人物の属性といった、個別の要素に還元する態度は、効を奏しないのであり、そのような文章理解、小説理解に対する態度の限界のゆえに、「一夜」は「分からない」作品と位置づけられたのであることを述べた。ゆえに、「一夜」を「分からない」とすることが、同時代において、広く共有される見解に至ったことの背景には、「一夜」を理解するにあたっては効を奏しない、「書くために読む」、読むことを書くための手段として従属させる態度の広がりという土壌があったのであり、そのような文章理解、小説理解の態度が、「一夜」を理解する上で効を奏しないことを明らかにしたことが、「一夜」を、小説に対する実験、あるいは小説概念に挑んだ作品として、立ち上げることとなったことを本論で述べてきた。

第一章においては「倫敦塔」と「一夜」を取り上げた。「倫敦塔」では、作品と典拠との対応関係における単位の取り方に端的に示されている、発表当時の文学作品に対する理解やその評価基準を明確にし、それらの位置をずらすような作用を検討した。また、「一夜」では、読むことを書くための手段として従属させる態度、「場」を人物の属性といった、個別の要素に還元する態度の限界を暴き立てる、つまり、作品発表当時における、文章理解、小説理解に対する態度を相対化し限界を暴き立てる作用を考察し、『漾虚集』収録作品が、当時における文学作品に対する理解や、その評価基準自体に作用し、それらを積極的に変革し創造していく側面をこの章では論じた。

（二）

第二章においては、「カーライル博物館」・「薤露行」・「趣味の遺伝」を取り上げた。

「カーライル博物館」に関しては、共時的にも通時的にもあらゆる時間と空間の結びつきを知覚する枠組みは、一九世紀末に至って初めて構成されたのであり、そのような人々の知覚を形成する上で、歴史的建造物を保存、修復する団体によって保存が図られたカーライル博物館のような歴史的建造物は、その役割の一端を担ったものの一つであると位置づけられるのであり、カーライルの家を保存する目的で the Carlyle's House Memorial Trust が設立されたのは、一八九五年五月とまさにこの時期の出来事であることを述べた。このような背景を持つ、カーライル博物館は、カーライルとの直接的な人間関係によらなくとも、何時でも誰でも、「過去をじかに見る」こと、つまり過去の空間が、その住人であるカーライルとともに立ち現れることを制度として保証されている〈場〉、あるいは装置なのである。

前述したような装置であるカーライル博物館で、「余」は、カーライルの見た景色と、自分が現在見ている景色とを対比させることによって、広い空間や緑が失われた、現在における空間を改めて認識したのである。さらに、婆さんの説明から距離をとり「自由に見物する」態度をとることにした「余」は、かつてカーライルが占めた空間と、そこに置き換えられた彼の空間に対する意識を想起し、現在見ている空間と結びつけるという方法で、カーライル博物館を見学している。「千八百三十四年のチエルシーと今日のチエルシーとは丸で別物である。」という認識は、時間の異なりが、同じ場所に由来する異なる空間同士のつながりに転換されることにより、同時的なものとして認知されることへの、「余」の驚嘆なのである。

作品の冒頭でカーライルの生きている空間を見ることを可能にしていた、さまざまな要素が空間の結びつきとして知覚されるといった知覚形式が、「余」の主観にとどまる知覚形式ではなく、それが客観性を持って存在することの確証を、「余」がカーライル博物館で得ることができたこと、そして「余」がカーライル博物館で存分に楽しんだ、その知覚形式のもたらす楽しさが「カーライル博物館」のテーマなのである。そして先述した、共時的にも通時的にもあらゆる時間と空間の結びつきを知覚する枠組みが、十九世紀末に至って初めて構成された点なくしては、「カーライル博物館」のように、このようなテーマが作品化されることはありえない点を本論で論じた。

「薤露行」に関しては、発表された当時、明治三十六年五月に起きた藤村操の投身自殺に象徴される、青年の煩悶問題などを背景に、人生の苦悩に対して慰藉を与えることを期待して、宗教への関心、欲求が高まっていた点を指摘した。さらにそのような当時の社会風潮を象徴する出来事として、綱島梁川『病間録』が多大な反響を呼んだことを挙げた。

当時多くの賞賛の評が寄せられた『病間録』であったが、中でも、『病間録』に収録された「見神の實験」に端的に見ることのできる、著者綱島梁川が至った、我の在るところ神ありの境地、さらに一歩進んで、神の存在の確信による、絶望をもたらす最たるものである病と死をも超越しうる生きる希望を持つ境地と、魂の平安は、とりわけ、キリスト教関係者、「薤露行」を始めとする、漱石作品の読者層両者を含む広い層の人々に共感されるのみならず、人生の苦悩に対する救済として、積極的に望まれるものであったことを述べた。

「薤露行」が発表された当時の文化的、社会的状況を以上のように指摘した上で、「薤露行」の作品内容、特に結末部分に関して、ギニヴィアは、恋敵エレーンが手紙で示した神に対する確固たる帰依に、己の神に対する離反を悔い「一滴の熱き涙」を流す。ランスロットの相手がエレーンであることで、ギニヴィアをまさに裁かんとしていた、「十三人の騎士は目と目を見合せ」、追及を見合せた。これらの決定的な破局が回避された事態を、罪に濁る世界に訪れた、人間的願望のみでは決して成し得ない、調和と救済の象徴であると位置づけた。そして、エレーンにおける神の存在、来世の存在の確信、さらにそれらに寄せる彼女の希望によって、ランスロットとの再会といった、エレーンの人間的願望を越え、姦通の罪に濁り、その露見という破局を待つばかりであった世界に、まさに現実的な調和、救済が訪れたのであると論じた。

このようなエレーンの、神の存在と来世に対する確信が、信じた本人の思惑を越え、現実の変容さえももたらす力となった結末と、綱島梁川『病間録』に示されている、神の存在の確信による、死をも超越しうる希望を持つ境地との共通性が、「薤露行」が同時代において支持されるに至った要因の一つであると本論で論じた。

「趣味の遺伝」に関しては、この作品に関連する時代的背景として、当時の学位制度と、日露戦争の新聞報道の二点との関連を論じた。

「余」の置かれている学界と深い関わりを持つ学位制度は、明治五年の「学制」によって定められたが、この時には「大學科」を「卒業したる者」に与えられる「學士の稱號」は学位としてはっきりと認定されていた。しかしその後、明治二十年の「學位令」によって、「第一條　學位ハ博士及大博士ノ二等トス」とされ、これにより学士は、学位としての価値を失い、学位は、具体的な社会制度と密接に結び付いた資格とはならなかった。このことは一般の人々が、学位の対象となる「一握りの学術研究者」を、社会的に有用な存在として認知することを難しくさせ、学術、つまり高度の「学問」の担い手である「学者」を、国家の権力の後ろ盾もなく、社会的に有用な存在としても認められていない、権威の基盤を欠いた存在とならしめた。作品中で、「余の如く書物と睨めくらをして居るものは無論入らぬ」の言葉に示されるように、「趣味の遺伝」発表当時、「余」を含めた「学者」は社会と有機的な関わりを要請されることもなく、「書斎以外に如何なる出来事が起るか知らんでも済む」ことが可能な立場に置かれてしまったことを指摘した。

さらに、この作品に関連する他の時代的背景として、日露戦争の新聞報道を取り上げた。日露戦争という特定の出来事に関する物語性に富んだ新聞記事の繰り返し、あるいは戦争に関する「小説的想像文」の募集などによって、日露戦争を「物語」、ひいては「文学」の持つ力を誇示した事件として、人々に認識させる結果をもたらした点を指摘した。

以上を踏まえ、作品内容に関して、凱旋将士の歓迎や軍曹の姿を実際に見ることによる、「戦争」「軍人」の認識は、これまで新聞の戦争報道を目にすることによって抱いていた「余」の「詩想」、「詩的」な「想像」を、無残に打ち砕くものであり、それは「余」にとって、己の「詩的」な「想像」の力の貧困さを、心に刻み付ける出来事であった。実際「余」は、この後で浩さんについて語るが、「浩さんがしきりに旗を振った所はよかったが、濠の底では、ほかの兵士と同じ様に冷たくなつて死んで居たさうだ。」と、浩さんを英雄として語ることに失敗している。そして、「悼亡の句抔は出来る柄でない。文才があれば平生の交際を其儘記述して雑誌にでも投書するが此筆では夫も駄目と。」文才のなさを改めて認識し、「物語」「文学」に対する、自らの無力さを痛感した。それは「余」にとって、「学問」の「物語」「文学」に対する無力を認識する出来事でもあったと述べた。

そのような「余」にとって、浩さんと寂光院の女とを趣味の遺伝によって結び付けることは、「物語」「文学」に対する「学問」の無力を克服する営みなのである。浩さんと寂光院の女の結び付きは「余」の趣味の遺伝説によって得られたものであり、この二人の姿は「余」にとって、自らが成し遂げた、「文学」に対する「学問」の無力を克服した象徴なのであると作品内容を考察した。

以上述べてきたように、「カーライル博物館」では、作品内容の重要な構成要素である、共時的にも通時的にもあらゆる時間と空間の結びつきを知覚する枠組みは、十九世紀末に至って初めて構成されたのであり、また、そのような人々の知覚を形成する上で、歴史的建造物を保存、修復する団体によって保存が図られた、カーライル博物館のような歴史的建造物は、その役割の一端を担ったものの一つである点を指摘した。「薤露行」においては、「薤露行」が同時代において共感を持って迎えられた要因として、明治三十六年五月に起きた藤村操の投身自殺に象徴される、青年の煩悶問題などを背景に、人生の苦悩に対して慰藉を与えることを期待して宗教への関心、欲求が高まっていた点を指摘した。さらに、「趣味の遺伝」では、「余」の置かれている学界と深い関わりを持つ学位制度と、日露戦争を「物語」ひいては「文学」の持つ力を誇示した事件として、人々に認識させる結果をもたらした日露戦争の新聞報道を、作品の成立における社会的前提として取り上げた。以上のように、第二章においては、作品の成立、あるいは、作品の享受の前提となった当時の社会的・文化的背景の観点を論じた。

（三）

第三章では「琴のそら音」と「幻影の盾」を取り上げた。この章では、それぞれの作品内容を中心に論じたが、結論にあたって、第一章、第二章で取り上げた観点との関連を少し補足しながら、第三章をまとめておきたい。

「琴のそら音」に関しては次のように論じた。

第二章での論点との関連として、明治四十年前後には、心霊学がアカデミズムで受容されていたことを作品の背景として指摘した点を挙げておきたい。「幽霊」に関する自己目的化した説明づけの方法を所有していることが、津田君を「学者」「文学士」として位置づけるものであるが、このような当時のアカデミズムの潮流という背景が存在して、初めて「学者」「文学士」といった彼の位置づけが可能となることを指摘した。

この津田君の幽霊に関する自己目的化した説明づけの方法によって、「余」における、「法学士」という自負の念に基づいた「常識」で捌いて行く物事の説明づけの方法や、自分が語る言葉からの「幽霊」という言葉の排除が、単なる「幽霊」に対する無知へとおとしめられてしまう。それゆえに津田君に不快の念を抱くにとどまらず、「余」は、自己の独立性自体を彼によって揺るがされてしまったことを述べた。

そして、昨夜の「死ぬと云ふ事が是程人の心を動かす」ということに対する「驚き」と、自分自身の説明づけの方法が働かないことのもたらした「恐怖」の記憶を抱いて、「余」は床屋に行く。「幽霊」や狸が人を化かすことの本質は「恐怖」「驚き」の念である、という床屋で耳にした「幽霊」に対する見解は、床屋に集まった松さんや由公といった、庶民の見解を背景として持っている。これは、「文学士」と異なる、「法学士」の物事の説明づけの方法、「常識」で捌いて行くことにまさに合致する。「余」はここで、津田君の自己目的化した説明づけの方法に対抗できる、「法学士」という自己規定にふさわしい「幽霊」に関する説明づけを手に入れたのであり、同時にそれは、津田君によって脅かされることのない、確固とした自己の独立性を手に入れることでもあった。それとともに、昨夜「余」が、津田君に対して抱いた不快の念は解消された。そのことを契機として、「余」と津田君の関係は一層親密になった。ゆえに結果として「余」の幽霊体験は、二人の友情の深まりをもたらすものであったのである。

「幻影の盾」では、「幻影の盾」の物語進行とは、作品の冒頭で、存在が暗示された「先行テクスト」によって構成された〈神話〉の枠組に、物語内容を当てはめていくことなのであり、この構成によって、〈神話〉をなぞること、作品内容である「反復する時間」の表現を可能にしている点を指摘した。そして「幻影の盾」の作品内容とは、ウイリアムを通して、共同体によらず一個人において、「反復する時間」を個人固有の時間に転換するという、時間の質の転換を描写することであると本論では論じた。

ここで「幻影の盾」に関して、第一章、第二章で取り上げた観点との関連を、少し補足しておくことにしたい。第一章で取り上げた論点と関連する事柄に、以下で少し触れることにする。藤井淑禎は『小説の考古学へ―心理学・映画から見た小説技法史』の中で、次のように述べている。

もともと、現在の事柄の表現の場合は、過去の出来事の表現の場合ほどさまざまな選択肢があるわけではなく、ごく素朴に現在形をあてがえば事足りたといってもよかった。が、そこに、過去やら連続する時間やらが持ち込まれると、当然、現在形だけでは手に負えなくなる。ここにおいて、現在形の使用の厳密な吟味――どういう時に現在形では不自由となり、過去形その他が呼び出されることになるのか、といったいわゆる使い分けの問題を中心として――が始まることとなる。過去をどう表現するか、からではなく、現在形では何が可能で何が困難であるのか、から出発して前記の同じ到達点に達したケースを検証することによって、いわば裏側から、時の観念の変化とその表現の仕方の変化との相関について考えてみようというわけだ。そのケースとは、いうまでもなく正岡子規や高浜虚子らによって代表される写生文派の場合である。(1)

これには、現在を表現することから出発した写生文派が、次第に、過去や連続する時間をどのように表現するかを課題として抱えていったことが指摘されている。ここで写生文派に関して指摘されているように、過去や時間の推移をどのように表現するか、つまり時間の適切な表現そのものが模索されていたような時期に、本論で述べたように、早くも時間の質を作品内容として扱い、時間の質の変換自体を作品のテーマとしている点に、「幻

影の盾」の同時代的意義を認めることができよう。(2)

第二章で論じた観点との関連として次の点が挙げられる。「新潮」明治三十八年四月に掲載された、無名氏「酒精主義」には、「幻影の盾」に関して次のように述べられている。

再言せんとす、人心の歴史は決して空に架して發動するものにあらず、信仰あるものは現實生滅の中に久遠の實相を發見し體得するなり、キリスト誠に甦りて保羅誠に神に接せり甦りたるは色身の基督にあらず、保羅の接したるは實相の神なり、而も神に接し得るものは獨りポーロのみにあらず、甦るものは獨りキリストのみにあらず、我にキリアムあり、我にクラ、あり。

「ポーロ」や「キリスト」の到達した宗教的境地と、作品の末尾におけるウイリアムやクララの到達した地点を、同一視する作品理解を見ることができる。このように、「薤露行」に関して本論で述べたような、作品発表当時における宗教に対する関心の高まりが、「幻影の盾」に対しても、作品が共感して受け入れられる要因として働いていた点を、この同時代評によって確認することができよう。

(四)

最後に、単行本としての『漾虚集』について、述べておくことにしたい。江藤淳『漱石とアーサー王傳説』に、単行本としての『漾虚集』に関して次のように述べられている。

漱石にとっては、『漾虚集』は單なる短篇小説集ではあり得なかった。それはウィリアム・モリスやビアズレイの例に倣って、文學と視覺藝術との融合を企てようとした、獨自の弧獨な試みであった。(3)

ここに引用したように江藤淳は、単行本『漾虚集』は単に短編を収録した本ではなく、夏目漱石自身に、本文内容のみならず本の装丁挿絵も含めて、書物全体を一つの芸術作品に仕立てようとした意図があったと指摘している。江藤淳のこの指摘自体は首肯できるものであるのだが、少し観点を変えれば、この指摘は、収録された作品内容と共に、本の挿絵装丁をも『漾虚集』の構成要素として重視すべきことを示唆していると理解できよう。この示唆を踏まえた上で『漾虚集』に対する同時代評を参照する時、同時代評に本の挿絵、装丁に触れているものが多いことに気づく。それらの例を次に挙げる。

「ホト、ギス」明治三十九年七月号「新刊」欄には、次のように記されている。

一人の一年間の著作にして斯る多様の變化を試みたる既に珍、之を一冊に纏めて、加ふるに不折五葉が多種多類の繪畫圖案を挿入したる愈珍、尚表紙其他の凝りに凝りたる益珍、漾虚集は文壇の珍書なり。壱圓四拾錢は廉いものなり。

と、『漾虚集』の単行本に関して、中村不折や橋口五葉を起用した挿絵、また趣向をこらした装丁の豪華さ、珍しさを賞賛している。このように、『漾虚集』の装丁を賞賛する評がある一方、「山陽新報」明治三十九年六月十一日付に掲載された、雪隠「漾虚集を讀む」では次のように評されている。

△最初《さいしよ》「我輩《わがはい》は猫《ねこ》デアル」の出《で》た時我輩《ときわがはい》は其《そ》の表装《へうそう》の一風變《ぷうかは》つて居《ゐ》るのに驚《おどろ》いたが今度《こんど》の「漾虚集《やうきよしふ》」と來《き》ては中々奇想天外《なか〳〵きさうてんぐわい》ところの調子ではない、——先《ま》づベスピオスの噴火口《ふんくわぐち》から飛《と》び出《だ》したか其《それ》とも桑港《さうかう》の大地震《おほぢしん》の際出來《さいでき》た地割《ぢわ》れの中《なか》から食《は》み出《だ》したかとしか思《おも》はれぬ。

△監獄《かんごく》の蚊帳《かや》の破《やぶ》れかと思《おも》はれる様《やう》に汚《きたな》い木綿《もめん》で一面《めん》を張《は》り其上《そのうへ》に絹地《きぬぢ》へ字《じ》を縫《ぬ》ひ込《こ》んだのを二所《ところ》へ張《は》り付《つ》けてある。而《しか》もギルド、トツプで縁《ふち》は業《わざ》と切《きつ》て無《な》いなど調和《てうわ》した様《やう》な、せぬ様《やう》な何《なん》だか理由《わけ》の解《わか》らぬ本《ほん》だ。

かなり痛烈な論評であるが、『漾虚集』の表装を「中々奇想天外《なか〳〵きさうてんぐわい》」と評し、賞賛すべきか批判すべきか、その判断にさえ困惑するほど、『漾虚集』の表装が、これまでの表装の概念を破る斬新なデザインと感じられたことをこの評からうかがうことができる。また、「中央公論」明治三十九年八月号「新刊批評」には、『漾虚集』に関して次のように述べられている。

要するに此の集の如き今日の出版物中最も永き生命を有するものたること毫も疑いを容れざる也。表装は唐本の秩に用ふる如き藍布に、内容、書名を書きたる白絹を張り、且つギルト、トツプにて、中の紙もよく、贅澤いふばかりなし。製本界亦之が爲めに多少の變化を來たすべきか。只挿畫は不折、五葉二氏の揮毫にて随分金もかゝるべきに拘わず。本文を讀みて起る感興と釣り合はぬ如く思はるゝは挿畫としては慊らぬ心地す。

『漾虚集』の表装あるいは製本が非常に贅沢であり、「製本界亦之が爲めに多少の變化を來たすべきか。」と、『漾虚集』の出版がその贅沢な装丁によって、製本界にも影響を与えるであろうことが示唆されている。以上挙げたように、単行本『漾虚集』の装丁挿絵に賛否両論が見られる点を見ると、夏目漱石の意図通りに出版界に受け止められたのではなかったことが考えられるのである。しかしそれを措いても、単行本『漾虚集』は出版当時、その装丁、挿絵の豪華さあるいは奇抜さによって、それらを含めた一冊の本全体として、賞賛と驚きをもって迎えられたのである。

その一方で、『漾虚集』の内容に関しては、「新潮」明治三十九年六月号「新刊漫評」では、

而して漱石が小説振に至りては本誌屢々これを細評して我が讀者に紹介し終れり。更に來者を迎へて評を其新しきものゝ上に加へんか。

と、既に雑誌掲載時に紹介済みであるので、これ以上紹介しない、と新刊紹介にもかかわらず、内容には立ち入らないのである。また、先程挙げた「中央公論」明治三十九年八月号「新刊批評」にも、

夏目漱石氏の文世已に定評あり。今更らこれを呶々するは却つて時勢後れの感なき能はず。

と、述べられている。この評では先の「新刊漫評」とは異なり、『漾虚集』に収録された個々の短篇に関して多少論評が加えられている。しかしここでも、単行本『漾虚集』によらなくとも、既にこれまでの雑誌掲載された作品によって、夏目漱石の作品は文壇で定評があるのだから、今更改めて紹介する必要はないと断られているのである。

以上のような点から、単行本としての『漾虚集』が同時代に与えた影響としては、既に雑誌に掲載されたものである作品内容そのものより、その単行本としての装丁挿絵の豪華さ、斬新さ、奇抜さ、あるいは、江藤淳が指摘する夏目漱石の意図に必ずしも合致したものでなかったにしても、本文内容のみならず本の装丁挿絵も含めて、書物全体を一つの芸術作品としてとらえるまなざしを同時代に意識させた点の方が大きかったのである。

よって、第一章で述べたような、当時における文学作品に対する理解や、その評価基準自体に作用し、それらを積極的に変革し創造していく側面に典型的に見られる、『漾虚集』収録作品における当時の文壇への影響は『漾虚集』収録時よりも、それぞれの作品の雑誌掲載時の方が大きかったと考えている。この論において、『漾虚集』収録作品を、それぞれ独立した短篇として論じてきたのはこのような理由からである。

序章で述べたように、『漾虚集』に収録された中で、最初に発表された作品である「倫敦塔」から、最後に発表された作品である「趣味の遺伝」までわずか一年である。

「倫敦塔」や「一夜」において論じた、当時における文学作品に対する理解や、その評価基準自体に作用し、それらを積極的に変革し創造していく側面。これはその作品自体が、その作品によって変革された文学作品の評価基準に組み入れられることにより、その作品が評価を得ていくといったメカニズムを有している。また、「薤露行」や「趣味の遺伝」「カーライル博物館」において論じた、当時の社会的・文化的背景が、作品の成立あるいは作品の肯定的な享受の前提となった側面。これは言うまでもなく、作品の成立自体、あるいは同時代において、『漾虚集』収録作品が高い評価を得ることを可能にした要因である。

これらの要因を持つ作品が短期間に間隙を入れず発表されたことが、両要素の相乗作用を生じさせ、『漾虚集』収録作品はさらに、発表を重ねるごとに当時の文壇で確固とした評価を得ていくこととなった。そしてこのことが、「小説家夏目漱石」の文壇的位置を急速に確立させることに寄与したのである。

さらに「小説家夏目漱石」の文壇的位置の確立に『漾虚集』が寄与した点を述べるために、「早稲田文學」明治三十九年十一月号に掲載された「彙報　小説界」を、以下に引用したい。

又一つには、この作者が一作毎に多少とも目先きを新らたにし來たツて、或る意味に於いて刻刻にその新境地を展開來たる早業の應接に遑なからしめ、未だ多くそれに就いて品評を試みるの餘裕を與へなかツた傾きもあツたやうに見受ける。勿論『漾虚集』の世に出づる以前に於いても、この作者に對する世評の全然現はれなかツたといふではないが、上述の如き次第であツたから、從ツて、この作者が多く世評の對象となり、全體の上から評價を受けるやうになツたのは、先づ『漾虚集』出版後であるといツて差支へはないやうである。即ち『漾虚集』の出づるに及んで、昨年世に出でた『我が輩は猫である』と併せてこの作者の面目全體を理解し評價せんとするやうになツた。

江藤論を引用した箇所で触れたように、『漾虚集』がまとめられたのは作者夏目漱石の意図によるものである。(4)しかし、文壇に与えた影響の面から『漾虚集』の出版を評価するならば、この引用で述べられているように、短期間に間隙を入れず発表された短篇が『漾虚集』としてまとめられたことで、『吾輩は猫である』と共に、これまでともすれば断片的に把握されがちであった「夏目漱石」の業績を全体的に概観することが可能になったことが挙げられる。「夏目漱石」の業績の包括的な把握が可能になったことは、「夏目漱石」の一連の作品を、一人の「小説家夏目漱石」の業績として把握するまなざしを格段に強化させた。そしてそのことが、従来にも増して「小説家夏目漱石」の文壇的位置を確固としたものにすることにつながったのである。

注

（1）藤井淑禎『小説の考古学へ―心理学・映画から見た小説技法史』（平成十三年二月　名古屋大学出版会　p. 162）。初出は「写生文・映画・時間―長塚節「佐渡が島」まで」（「立教大学日本文学」平成八年一月　立教大学日本文学会）。引用箇所の初出との異同は、初出においては「始まることとなるのだ。」となっている箇所が、引用した単行本では「始まることとなる。」となっている点である。ここでは、注(2)との関連を明確にするために、初出からではなく、あえて注(2)と同一の単行本からの引用によっている。

（2）先述した藤井淑禎は、同じ『小説の考古学へ―心理学・映画から見た小説技法史』で、『漾虚集』収録作品に関して次のように述べている。(p. 185)

一例を挙げると、まずかたち（実体的、外形的）のうえで異空間を構築することで作品世界を自立させることを目論んだのが、写生文出身で虚子の盟友でもあった夏目漱石だった。時間と空間を大がかりに移動させたり、現実の作者と作中人物を大きく隔たらせたり、といったような工夫が、写生文からの離陸期にあたる初期の作品に多く見られるのである。〈事実〉と書き手とにつなぎ止めようとする拘束力が強い分だけ、微温的な自立のさせ方では心許なく、思い切ってまずかたちから、ということなのかもしれない。「幻影の盾」、「薤露行」における時代背景としての中世・作品舞台としての西洋、を極北として、「倫敦塔」、「カーライル博物館」における数年前に遡行した倫敦、「琴のそら音」の夜の坂道、「一夜」の局限的空間、といったようなさまざまな〈現実〉離れの工夫が、そこにはある。

（初出は「虚子小説における同時代的課題―「欠び」を例として」（『國文學　解釈と教材の研究』平成三年十月　學燈社）。初出とは異同があるが論旨はほぼ同一である。注（1）との関連を明確にするために、統一された観点に立つことの必要性から、初出からではなく注（1）と同一の単行本からの引用によった。）

『漾虚集』に収録された作品における時間・空間の設定を、「〈現実〉離れの工夫」つまりいかにして、単に日常世界を写し取ることから脱却し、非日常の世界を作品として構築するかの試みであると述べている。この指摘はおおむね肯定できるが、時間・空間の設定の意義はそれだけにとどまらないのであり、「幻影の盾」のように、作品内における時間設定自体をテーマとする作品が、『漾虚集』収録作品に存在する点に留意したい。

さらに、注（1）の引用に関連して、藤井淑禎は「写生文出身で虚子の盟友でもあった夏目漱石」と、写生文派の抱える表現上の課題を、夏目漱石も共有する立場であると位置づけていることをここで確認しておきたい。

（3）江藤淳『漱石とアーサー王傳説』（昭和五十年九月　東京大学出版会　p. 81）

（4）森田草平宛書簡　明治三十九年五月十九日付には、『漾虚集』の単行本に関して、次のように述べられており、

五六日中に僕の短篇をあつめたものが出来る。本屋に贅沢を云ふて居たら。出来上がつた上が本屋が復讐に大変高いものにしてどうしても是より安くは売れないといふには閉口した（『漱石全集　第二十二巻』書簡上　明治三十九年書簡578　平成八年三月　岩波書店　p. 503）

作者夏目漱石自身の意図が、単行本『漾虚集』にはかなり反映されていたことを、この記述からも見ることができる。

あとがき

漱石との関わりといえば思い出すことがあります。大学二回生の時、初めて取った近代文学の授業でした。漱石の主要作品をすべて一年間で取り上げるという授業で、出席者は出席カード代わりに毎週指示された漱石の作品を読み、その感想を三百字詰めの原稿用紙に書いてくるのが課題でした。大学で出会う初めての「近代文学」の授業ということで、期待に胸をふくらませて取ったものの、短いものばかりではない漱石の作品を毎週一年間読み続けるというのは、今から考えても大変だったことを覚えています。夏休みの宿題が、『文学論』を読んで感想を書いてくるというもので、感想どころか読むだけでも非常に苦労し、毎日一生懸命に読んでもなかなか進まず、市立図書館での貸し出し期限を延長し、一ヶ月かかって読んだことも覚えています。

今日、大学で教える立場になって振り返ってみると、学生に多くを期待する授業であったと思います。この授業で漱石の主要作品をほとんど読んだことが契機となって、卒論のテーマに『坊っちゃん』を選び、大学院においてもそのまま漱石の作品をテーマに選び、現在に至っています。漱石を研究する機縁となった授業を、私における研究の原点として懐かしく思い出します。

大学二回生といえば二十歳ぐらいの頃ですが、それから十数年の歳月が流れました。この間に書いた論文の一部を元にして博士学位請求論文「『漾虚集』論考―「小説家　夏目漱石」の確立―」をまとめ、それにより二〇〇

四年三月五日　関西学院大学より「博士（文学）」を授与されました、この本はその博士論文を基にしています。『漾虚集』の作品を論じた動機は、博士後期課程後期在学中、漱石の作品で長いものは数多く論じられているのに、小さな作品に関しては、まだまだ論じられているものが少ないなと思い、それでは一度論じてみようと思ったことです。一作品でもと取り掛かったのですが、これを論じたら、あれも論じてみようと考えているうちに、とうとう六作品まで来てしまいました。そうなると、折角だから七作品全部論じてみようと思い、『漾虚集』に収録されている七作品全てを論じることとなってしまいました。

『漾虚集』と取り組む中で、本来村落や一族といった共同体によって、その継承が担われるはずの盾に関する伝承である「盾の物語」は、ウィリアム個人によってその継承が担われる「幻影の盾」の作品構造によって、中世に設定を借りながらも、すべて個人に始まり個人に終わる極めて個人主義的な色彩の強い物語内容となっている点に、改めて近代小説としての漱石作品の「新しさ」を実感させられました。また、現在の小説読者にとっては読解の前提となっている小説を場面で捉える態度が、漱石によって形成されたものであることに「倫敦塔」「カーライル博物館」を再検討することで気づき、漱石が現在の小説受容態度の形成に、これまで考えていた以上に、多大な影響を与えていることを感じました。

博士論文にまとめる際に論全体としての統一に配慮しましたが、執筆期間中における研究動向の変化が、収録論文に反映している点もあり、全体を統一しきれていないところが残っているかと思います。この点に関しましてはこれからの課題にしたいと思っています。

この文章も、「序文」で鳥井先生がいみじくも「宙返りしても発想出来ないような」と言われるように、およそ学術書らしからぬ、現代っ子世代の「あとがき」となりました。

博士論文のご指導を頂きました細川正義先生、「序文」を寄せてくださるとともに、この本の出版に関しまして多大なご協力を頂きました鳥井正晴先生、また、田中邦夫先生、仲秀和先生、村田好哉先生、中村美子氏、荒井真理亜氏など、漱石に関して十数年の長きにわたり、忌憚のない議論の場を共にしてきました近代部会の諸先生方諸学兄、現在後輩と共に学ぶ場を提供頂いております大橋毅彦先生、つたない原稿をこのような美しい本にしてくださいました、和泉書院・廣橋研三様に、この場をお借りしまして厚く御礼申し上げます。

宮薗　美佳

二〇〇六年五月　柳暗花明の季節に

初出一覧

序論　『吾輩は猫である』――『漾虚集』収録作品からの照射――　（本書初出）

第一章　評価基準の変革／暴露

一　「倫敦塔」――「一字一句」の呪縛からの解放――

（「夏目漱石「倫敦塔」考――「一字一句」の呪縛からの解放――」「日本文藝學」第四十号　平成十六年二月
ただし大幅に加筆した。）

二　「一夜」――〈場〉の共有を視点として――

（夏目漱石「一夜」試論――「場」の共有を視点として――　「日本文藝研究」第五十二巻第一号　平成十三年六月）

第二章　社会的・文化的状況との交差

一　「カーライル博物館」――カーライル「博物館」は何をもたらしたか――

（夏目漱石「カーライル博物館」考――「カーライル博物館」という場所が示したもの――　「日本文藝研究」
第五十一巻第一号）

二　「薤露行」――明治三十年代後半におけるキリスト教言説との関連に着目して――

（夏目漱石「薤露行」論――明治三十年代後半におけるキリスト教言説との関連に着目して――「キリスト教文学研究」第十九号　平成十四年五月　ただし大幅に加筆した。）

三　「趣味の遺伝」――「学者」の立場と、日露戦争の報道に着目して――

（夏目漱石『趣味の遺伝』小論――「学者」の立場と、日露戦争の報道に着目して――「日本文藝研究」第四十九巻第一号　平成九年六月）

第三章　作品構造から作品内容へ

一　「琴のそら音」――「余」が見た「幽霊」は何をもたらしたか――

（夏目漱石「琴のそら音」考――「余」の見た「幽霊」のもたらしたもの――「人文論究」第四十六巻第三号　平成八年十二月）

二　「幻影の盾」――作品構造における時間の意義――

（夏目漱石「幻影の盾」論――作品構造における時間の意義――「日本文藝研究」第五十巻第一号　平成十年六月　ただし大幅に加筆した。）

結論　「小説家　夏目漱石」の確立

（本書初出）

■著者略歴

宮薗美佳（みやぞの・みか）

専　攻　日本近代文学　博士（文学）
1969年　大阪府生まれ
1988年　大阪府立岸和田高等学校卒業
1992年　関西学院大学文学部日本文学科卒業
1994年　関西学院大学文学研究科博士前期課程日本文学専攻修了
2004年　関西学院大学文学研究科博士後期課程日本文学専攻修了
現　在　大阪産業大学非常勤講師

近代文学研究叢刊 34

『漾虚集』論考
――「小説家夏目漱石」の確立

二〇〇六年六月二五日初版第一刷発行
（検印省略）

著者　宮薗美佳
発行者　廣橋研三
印刷所　太洋社
製本所　大光製本
発行所　有限会社 和泉書院
大阪市天王寺区上汐五－三－八
〒五四三－〇〇〇二
電話　〇六－六七七一－一四六七
振替　〇〇九七〇－八－一五〇四三

装訂　上野かおる　ISBN4-7576-0373-8　C3395

近代文学研究叢刊

1	樋口一葉作品研究	橋本威著	六二一六円
2	宮崎湖処子 国木田独歩の詩と小説	北野昭彦著	八四〇〇円
3	芥川文学の方法と世界	清水康次著	品切
4	漱石作品の内と外	高木文雄著	品切
5	島崎藤村 遠いまなざし	高橋昌子著	三八八五円
6	四迷・啄木・藤村の周縁 近代文学管見	高阪薫著	三八八五円
7	日本近代詩の抒情構造論	松原勉著	六三〇〇円
8	正宗敦夫をめぐる文雅の交流	赤羽淑著	八八二〇円
9	賢治論考	工藤哲夫著	五二五〇円
10	まど・みちお 研究と資料	谷悦子著	五二五〇円

（価格は５％税込）

══ 近代文学研究叢刊 ══

藤野古白と子規派・早稲田派　一條孝夫著　21　五二五〇円

漱石解読　〈語り〉の構造　佐藤裕子著　22　品切

遠藤周作　〈和解〉の物語　川島秀一著　23　四七二五円

論攷 横光利一　濱川勝彦著　24　七三五〇円

太宰治翻案作品論　木村小夜著　25　五〇四〇円

現代文学研究の枝折　浦西和彦著　26　六三〇〇円

漱石　男の言草・女の仕草　金正勲著　27　四七二五円

谷崎潤一郎　深層のレトリック　細江光著　28　一五七五〇円

夏目漱石論　漱石文学における「意識」　増満圭子著　29　一〇五〇〇円

紅葉文学の水脈　土佐亨著　30　一〇五〇〇円

（価格は５％税込）